# V. S.
Naipaul

# 斯通与
## 骑士伙伴

〔英〕V. S. 奈保尔 著　吴正 译

*Mr Stone*

*and*

*...*

*the*

*Knights Companion*

南海出版公司

新经典文化有限公司
www.readinglife.com
出　品

# 一

　　那天是周四，米林顿小姐下午放假，斯通先生只得自己开了房门。黑暗中有双深不见底的绿色眼睛，把他吓住了，他还没来得及打开门厅里的灯，那活物便嗖地跳下了台阶，在黑暗中移动的似乎只有那双眼睛而已。斯通先生倒退几步，靠在灰扑扑的墙上，举起公文包挡住头。那猫擦着他的裤腿，从仍然敞着的门那儿蹿了出去。斯通先生站着一动不动，等着心跳恢复正常，等那扩散到全身的细微的疼痛感平息下来。他的一只手上还戴着手套，拿着钥匙。

　　那只猫是隔壁人家的。那户人家是五年前搬到这条街的，斯通先生对他们依旧存有芥蒂。那猫刚来的时候还是只小猫崽，给小孩子们养着玩儿的。当它不追逐纸球、乒乓球，对线团也没了兴趣时，便开始跑来破坏斯通先生的花园，因为它的主人家里并没有值得好好挖掘一番的地方。于是斯通先生将对这个家庭的敌意转移到这只猫身上。他养成了下班回家后检查花圃的习惯，在碎石路之间不规则的泥土带上，寻找那动物疯狂刨、挖、埋之后留下的踪迹。"米林顿小姐！米林顿小姐！"他总是这样叫嚷，"拿驱猫胡椒粉来！"上了岁数、体态臃肿、系着长及脚踝的围裙的米林顿小姐，总会匆匆跑出来，拿着一个装着驱猫胡椒粉的大锡罐（一开始他们以为小罐的份量就足够了：商标上画了一只受了惊吓的猫，看了让人对这个产品很有信心），按老规矩在花圃上撒遍胡椒粉，被刨过的地方多撒点，像是要遮掩，而非防范那只猫的侵袭。不多会儿，花圃的颜色就全变了，好像水泥和泥土搅拌在一起，并被撒在植物的叶子和根茎上。

现在，这只猫居然入侵到屋里了。

斯通先生的心跳渐趋正常，急剧的疼痛也消退了，只是刚才的惶恐还留下些许残余，让沉重的辛普森牌外套下的身体略有些飘忽，心里有一种想要立即采取些行动的冲动。他没有去关上大门或打开灯，也没有脱下外套、摘掉帽子，只是把手套和公文包放到门厅的桌子上，便径直走向厨房，在黑暗中打开橱柜，拿出一块奶酪。奶酪还在老地方，包着桑斯博里百货商店的包装纸——米林顿小姐周四早上刚去过商店。他找到一把刀，像准备鸡尾酒小食那般小心地把奶酪切成小方块。他拿着这些小奶酪块，走到院门口。天色已经完全黑了，他看了看四周——有些窗户亮着，没有人在窗口张望——然后把这些小奶酪块放了一路，从院门到房门，再顺着铺着地毯、此时已是寒气逼人的门厅一直放到卫生间前的台阶。在卫生间里，他穿着外套，戴着帽子，坐在马桶盖上，手里拿了一根拨火棒，等待着。那拨火棒与其说是为了打猫的，不如说为了自卫。这条街道上猫族横行，他常常会猛然看到一只猫，一动不动地坐在围墙上，所处高度和他的个头齐平。遇到这样的情况他总是抬起胳膊挡住脸。这动作很没面子，但他无法控制住自己。他害怕这种动物，而且听了太多发狂的猫逼急了袭击人的故事。

门厅里的空气很潮，弥漫到了卫生间。黑暗和沉寂让四周变得更为阴冷。他的脑海中浮现出各种画面：将猫爪子浸在滚烫的油锅里，拎着那动物的尾巴将其甩到人行道上，以及把它扔在开水里剥皮。他从马桶盖上站起来，打开热水龙头。水立刻流了出来。但水是冷的，而且似乎不是很顺畅，扑哧几声之后才慢慢变温，最后终于暖了起来。热水器需要清洗了，他得提醒米林顿小姐。他将盥洗盆装满热水，又在马桶盖上坐下。热水流经水管发出的嗡嗡声消停了，四周重归寂静。

几分钟过去了，或许有五分钟，或许十分钟，他忽然想起吃奶酪的是老鼠，不是猫。他把屋子里所有的灯都打开，关上大门，点燃炉火。

他忘了地上的奶酪。第二天早上，米林顿小姐激动而焦虑地向他报告说柜子里的奶酪不见了，而且这些奶酪都变成了小块，歪歪斜斜撒在地上，从院门口一直到卫生间。他没有提供任何解释。

∞

这件让斯通先生很没有面子的事情，其起因并非他对园艺的热衷。对他而言，侍花弄草不过一种手段，这爱好很适合他的年龄，六十二岁。他在伊斯卡尔公司的工作还算轻松，又是单身，而且身体不错，所以正好能以此打发业余时间，消耗多余的精力。年轻的时候他并无此爱好。他享受的是过程，而不是结果。所以他一点儿也不介意驱猫胡椒粉让花变了颜色。他的快乐更多地来自于掘土犁地，为种植做准备，而不是种植本身。有时候种植这事干脆就免了。他一度热衷于挖土，直到有一天挖破了地下水管。这个癖好告一段落后，他又痴迷于收集肥料，下令家中所有能够用来做肥料的垃圾都不准扔掉，一点儿也没留给地方议会。接到了严厉指令的米林顿小姐尽责地把垃圾收集起来，每天供他检查。他像守财奴似的看着肥料一点点累积起来，然后用一个又一个下午的时间，把这些肥料埋在前院花园里。第二年，他种下草籽，但那些嫩芽长出来之后他修剪得过于勤快——为此他还特意买了一台割草机——以至于到春天快要过去的时候，他预期中的草坪依旧是片零乱荒芜的泥土地。之后他又迷上了铺路，在花园的多数地方铺上了碎石子，那些材料非常吸潮，使植物在并不炎热的夏季里，也像因为土地干涸而枯萎。

但他依旧坚持着这一爱好，因为这让他能够自得地独处，还有长时间不受打扰地思考。所以说，那晚的小插曲更多源自他的独处，独自一人回到无人的家中。就是在这个没有他人的家里，也就是说在米林顿小姐不在的时候，他发现自己常常陷入幻想，他知道这很古怪，但同时又非常享受。幻想中，人行道是活动的。他看见自己穿着外套拎着公文包，站在他专属的活动人行道上，滑向前方，两旁的路人吃惊地看着他。他幻想着到了冬天，他的道路安装了罩棚，路的下面或许还有他在巴斯①见过的古罗马热水系统在加热。还有一个经常出现的幻想。他能够飞。交通信号灯对他没有约束。他在行人、轿车以及公共汽车的上方飞过一个又一个的街区。（下面的路人仰头惊奇地看他，他沉静地飞过，对他们的目瞪口呆完全不予理会。）他坐在扶手椅上，在办公室走廊里飞来飞去。他想象着同事们夸张的反应：阴郁的伊文斯颤抖起来，说话也结巴了；基南的破眼镜从鼻梁上掉了下来；他还恶劣地给孟席斯小姐扣上了一顶假发，并让那顶假发从她头上掉下来。他所到之处都爆发了混乱，而他则平静地处理着自己的事情，事毕后又平静地飞走。

周五早上，米林顿小姐回家时，常常发现主人在独处的状态

①巴斯 (Bath)，英国西南部的古城。古罗马人在这里修建了大量的温泉洗浴设施。

5

下创造出来的东西：比如用面包捏出来的歪歪斜斜的房屋——她周四早上购买的面包，等他晚上下班回来仍然新鲜，还有一定的可塑性；为了压平烟盒里的银色锡纸，她的主人会搜出屋子里所有的大书并把它们摞起来，书堆得非常高，显然他花了不少心思让它们保持平衡，并从中找到了乐趣。这些创作都会留下来，似乎是供她查看、仰慕，然后销毁的。对这些事情，两个人都缄口不言，但心知肚明。

她或许该提一下奶酪的事情，因为太反常了。这事情本身也不该像其他事情那样被淡忘。这事后来常常被提起，被一个此时还没有出现在他生活中的人，当着他的面，作为一桩奇闻趣事讲了一遍又一遍，而他则总能带着满足的微笑来听。尽管在那个晚上，在黑乎乎、空荡荡、寒气逼人的屋子里，在整个事件过程中，他非常严肃，直到想起猫是不吃奶酪的那个时刻，他一点儿也不觉得自己的做法有任何荒谬之处。

∞

在此事发生之后恰巧一个星期，也就是十二月二十一日，斯通先生像往年一样去参加汤姆林森夫妇的晚宴。他和托尼·汤姆林森是师范大学的同学，尽管后来选择了不同的职业道路，他们之间每年都有这么一次重叙友情的机会。汤姆林森留在了教育界，而且成为他所在学区内一个颇为重要的角色。他从模仿别人、替人批文签字，变成了让别人替他批文签字，而且现在他的落款总带着"T. D."，也就是"地方勋章获得者"的缩写。这个落款刚出现的时候，斯通先生在当年的晚宴上调侃说，莫非汤姆林森成了"神学教师"，或者是"神学博士"。<sup>①</sup>但这个笑话第二年没有人再提起，因为汤姆林森很在乎这个头衔。

按照汤姆林森的说法，斯通先生"进入了业界"，而且汤姆林森还给斯通先生冠以"首席图书馆员"的称号。他是这样介绍他的："这是理查德·斯通，我的大学老友，伊斯卡尔公司的首席图书馆员。"这样的一个很有策略性的介绍，可以避免提及斯通先生所在的那个无足轻重的部门。斯通先生本人也很喜欢这个称号，并开始在正式邮件中使用。起初他还很担心，但是发现公司以及他所在的部门并没有对此表示反对（他的部门其实还挺高兴的，因为这个称谓似乎提升了本部门的重要性），此事也就变得理所当然起来。也正因为如此，尽管汤姆林森的晚宴规模逐年扩大，级别逐年增高，斯通先生还是年年受到邀请。对于汤姆林森来说，斯通的到场可以提供一个关注点，给人安慰，令人放松，而且，这证明了他汤姆林森是个重情义的人；与此同时，他们两人获得的社会地位也会让大家对他们的过往产生尊敬，避免不必要的猜忌。

晚宴上的贵宾每年走马灯似的换，汤姆林森总会在电话里

---

① "神学教师"（teacher of divinity）和"神学博士"（theology doctor）这两个词的首字母缩写都是 T. D.。

提醒斯通先生，如果出席晚宴，可以拓展有用的关系。但斯通先生觉得他和汤姆林森都已经过了需要去发展关系的岁数。虽然年纪一把，而且取得的成就肯定已经远超预期，汤姆林森依然雄心勃勃，由此引发的种种作为总让斯通先生看得津津有味。在这样的晚宴上，要看出哪些是有用的关系并不难。汤姆林森会缠着这个人，但在这个人的面前，他又显得很痛苦，有时看上去心烦意乱，似乎在等着受罚，又似乎是尽管缠住了这个人，却不知道接下来该怎么做。他憋不出什么话来，最多只能提些并不需要回答的问题，或者重复那个重要人物所说的话的最后三四个词。

但在今年的晚宴上，斯通先生发现汤姆林森的拓展关系之辞，显然只是套话。今年并没有一个让汤姆林森围着团团转，对其唯唯诺诺的人物出现。今年晚宴大家关注的焦点，引导谈话的中心人物，是斯普林格太太。

斯普林格太太五十出头的样子，戴着石榴石首饰，穿了一件暗红色水洗真丝低胸长裙，披着一条精美的金色刺绣羊绒大披肩，样貌出众。但她的举止和着装正好背道而驰，她的一举一动带着男性化的特征，有一种并非刻意而为的豪爽。她低沉的嗓音以及语音语调，都容易让人想起某个著名的女演员。每当要强调某个观点时，她会突然挺直上半身；等观点发表完了，她也就突然松懈下来，双膝微分，瘦骨嶙峋的手垂到膝盖间真丝裙的旋涡里。所以那些雕琢裁剪得无可挑剔的复古款首饰、裙子与它们的穿戴者完全是两种风格，看上去更像是衣服在穿人，而非人在穿衣服。

斯通先生到的时候，她已经确立了当晚风趣幽默的谈话领袖的地位。她一开口，周围的人就眉开眼笑，格蕾丝·汤姆林森像是其中的啦啦队队长。汤姆林森在过去那些年中为重要人物所做的一切，今年变成了格蕾丝对斯普林格太太的所为。斯通后来了解到，斯普林格太太是格蕾丝的朋友。

他们在讨论花的事情。有人赞美格蕾丝为晚宴布置的花卉。（格蕾丝在伦敦西北圣约翰伍德区的康斯坦斯·斯普雷①学校上了一个短训课程。她的胸花及晚宴上的种种花卉陈设都得益于此。）

"我唯一喜欢的花，是……"在众人默默地表示赞同之际，斯普林格太太冒出了一句，"西兰花。"

格蕾丝笑了，众人也纷纷附和地笑了起来。斯普林格太太讲完，缩进座位，她的身体似乎在裙子里，以臀部为支撑点，庆祝般地微微摇晃着。她把膝盖分开，轻敏地整理着两腿之间的裙摆，形成一个沟壑，一丝狡黠的微笑闪过脸庞，突显了她方方的下巴。

就这样，她打破了社交谈话中的沉寂，驱散了犹豫，消灭了含混不清的窃窃私语，控制住了全场。

---

①康斯坦斯·斯普雷（Constance Spry，1886–1960），英国著名的园艺学家、园艺教育家和作家。

接着，话题转到新近上映的电影上。在此之前，除了偶然大声地发出似是而非的"嗯"之外，汤姆林森几乎一直保持着沉默。他长长瘦瘦的脸看起来比以往更痛苦了，眼神也更忧郁，好像缺了"重要人物"，他就失去了方向。当谈话开始趋向交流电影名称之际，他挺身而出，试图将谈话引导到更高、更适宜的学术层次，因为他认为保持谈话的高水平是他作为主人的特权，也是义务。他说他最近去看了《男人的争斗》[①]，当然，那是在一位重要人物的推荐之下去看的。

"这是一部伟大的电影。"他说得很慢，脸上仍旧一副苦楚的样子。他的眼睛没有看任何人，而是落在远方某处，好像思路和话语都来自那个地方。"法语片，当然啦。法语片在这方面做得就是特别好。非常伟大。几乎没有对话。让影片很有冲击力，我认为。没有对话。"

"至少我会喜欢这种电影。"斯普林格太太接过话头。她的回应打破了他的若有所思。他立即从沉思的状态中回到现实，看起来像是如释重负。"我讨厌字幕。我一直觉得字幕会让我们错过很多有趣的细节。你看到屏幕上的人在招手，叽里咕噜说着一串话，然后去看字幕，看到的就是一个'是'，"然后她模拟着某种外语又是一连串叽里咕噜，"然后你再去看字幕，看到的又是一个词，'不'。"

①《男人的争斗》（*Rififi*），美国导演朱尔斯·达辛拍摄于法国巴黎的黑色电影，1955 年上映。

斯通先生觉得这一评论又风趣，又准确，正是他切身的体会。他非常想说："是的，是的，我深有同感。"但就在这个时候，格蕾丝又端上了新一轮的雪利酒。格蕾丝在给斯普林格太太倒酒的时候，被风趣幽默的氛围感染，说道："这杯酒敬你，玛格丽特。未经人手之触碰。①"

斯普林格太太挺了挺上半身。"如果你听到别人说未经人手之触碰，那多半可以肯定被脚碰过了。"说完，她举起杯子，好像是要一饮而尽。

斯通先生内心满是仰慕，坐着说不出话来。在他的酒杯再次被倒满之际，他壮起胆子，讲了一句办公室里听来的玩笑话。

"我明白了，"他说，"你是想让我喝胡话说醉了②呢。"

人群没有什么反应。汤姆林森看上去依旧很沮丧。格蕾丝假装什么都没有听到，斯普林格太太是真的没有听到。斯通先生举起酒杯放到唇边，慢慢地、长长地呷了一口。这个笑话其实不是他自己的，是会计部的基南爱讲的笑话之一。每次基南讲起这个笑话，办公室里的人都会装出捧腹大笑的样子，他应该有所察觉的，但斯通先生一直真心觉得这个笑话很好笑。他

---

① "未经人手之触碰"（untouched by hand），此处借用了著名科幻作家罗伯特·谢克利的科幻名著的书名《人手难及》（*Untouched by Human Hands*）。

② "喝胡话说醉了"原文 under the affluence of incohol，"affluence"和"incohol"这两个词并不存在，是词头互换而成，正确的应该是"under the influence of alcohol"，也就是"喝醉了"。互换的词头，正说明喝酒人已经神志不清，讲话讲不清楚了。

知道用谐音来编造笑话实属品位不佳，但至于为什么品位不佳，他也说不出个所以然来。他决定保持沉默，不再开口。在大家准备去餐室的时候，格蕾丝带着一丝责备的语气告诉他，斯普林格太太其实还在服丧，她的第二任丈夫刚刚过世。这让斯通先生更坚定了保持沉默的决心，也解释了为什么格蕾丝对斯普林格太太格外关照、斯普林格太太为什么讲起话来肆无忌惮。但她似乎挺享受这种状态，这让本就聪明的她更增添了新的魅力，而她好像对自身的这种魅力也心知肚明。

宴会进行到这个时候，斯普林格太太还完全没有注意到斯通先生，用餐时他们两个的座位隔得很远，几乎看不见对方的存在，一来烛光朦胧，二来桌子上都是蜡烛、鲜花，以及各式各样新奇的摆设，包括木雕、耶稣诞生马厩的摆件，和某次奥地利度假带回的失去光泽的古董物件。每年圣诞，汤姆林森夫妇都会拿这些东西出来做装饰。在房间昏暗的角落里还有两张小桌子，上面放满了圣诞贺卡，这些卡片选自过去十多年间夫妻两人收到的卡片，格蕾丝说都是她不忍心扔掉的那种。这些卡片要么尺寸很大，要么装饰性很强，有那么一两张还贴着花边，这些卡片每年都会取出来摆放陈设。房间里的布置吸引了全桌人的注意，包括斯普林格太太和斯通先生。对斯通先生而言，十二个月之后再次见到这个一模一样、充满了节日气氛的房间，是件让人既开心、又安心的事情。

直到晚饭之后，男士和女士混在一起交谈之际，斯普林格太太和斯通先生才有了直接的对话。

"嗨，你坐在我边上吧。"她手拍着她边上的位子说，语气里略带着挑逗的意味。

他顺从地坐下。两人一时都没有找到可以攀谈的话题，他注意到她脸上有一种陷入沉思，或是思索要说什么的表情。那样的表情那天晚上他看到过三四次了。就在两人之间的沉默要变得尴尬之际，她开口了。

"你，"她突然转问他，"喜欢猫吗？"在他眼里，她的这种突兀，已然成了标志性举动。

"猫嘛，得视情形而定。那天有个事情，就是上个星期。事情是这样的……"他说。

"我觉得所有那些动物保护主义者们的说辞……"她停顿了一下，眼里闪过一丝调皮的神色，每当她要开口讲些不符合社交规范的话语时，脸上都会有这样的神情（她已经用了"荡妇"和"该死的"），"简直就是胡说八道。"最后的几个词她特别强调，好像这些词语本身就有别样的妙趣，而且她说的时候还带上了重重的尾音。

"那天有只猫攻击了我，"斯通先生说，"攻击……"

"我一点儿也不感到奇怪。它们原本就是丛林里的动物。"

"我一打开门就冲向我，跳下台阶。吓了我一大跳，真的。后来……这事有点滑稽，真的……"

他顿住了，犹豫着是否该继续往下讲。她眼里露出了鼓励的神色。于是他把事情原原本本说了一遍。在讲述中，他让自己显得很滑稽，而且发现这给了他一种久违的快乐。他详详细细描述了自己是如何在脑海中把那只猫扔进滚油烫水里，还提到了他如何打开热水龙头，将盥洗盆放满水，拿着拨火棒坐在马桶盖上。他的描述完全吸引住了她！她倾听着，一次也没有打断。

直到他讲述完，她才说："奶酪啊，你这个傻瓜！奶酪！我一定要把这件事情讲给格蕾丝听。"

她把这件事变成了她自己的故事。她讲得很好，不紧不慢。他注意到她的话语中不乏添油加醋，这非但没有让他恼怒，反而让他心里充满了喜悦和感激。她说话的时候身子前倾但挺得笔直，他则放松地靠在沙发背上，宽阔的肩膀放松地耷拉下来。斯通先生微笑地看着自己的腿，手里剥着核桃，只在有人发出惊叹声时才抬起头来看一下。在他高高的额头下，眼睛明亮而温柔。

就这样，她将他占为己有。那天晚上剩下的时间里，她所有的对话都离不开他。"斯通先生，是奶酪对不对？"她会这样说，或者是："但斯通先生更喜欢奶酪。"每次大家都会哄笑起来。

对他而言这是一种全新的感受。他纵情享受。晚宴临近结束，一段音乐过后，两个人又坐到一起。斯普林格太太对他说："你有没有发现这些核桃看起来很像人的大脑？"他有了某种莫名的自信，大声回答："我想这就是为什么人们叫它们坚果①。"

他的回答让整个房间安静下来。那些在夹核桃的人显然犹豫了，然后安静中传来了有人无意中弄碎核桃的声响。

"我觉得你说得很有意思。"斯普林格太太回答。

但就连她，也接嘴接晚了。

离开汤姆林森夫妇家的时候，他很不开心，感觉很丢脸，十分不满意自己的表现。他被一种孤单、空虚和绝望的情绪笼罩着。

∽

斯通先生喜欢用数字来思考问题。他常这样想："我加入伊斯卡尔公司已经有三十年了。"或者是："我在这房子里住了有二十四年了。"他还常常想到自从进入了工商界，他的工资一直稳步上涨，现在到了一千英镑一年的标准。这样的收入使他成为全国前百分之五的高收入者（这个信息来自他读的报纸，可能是《标准晚报》）。他喜欢想，他认识汤姆林森已经四十四年。他还会想到母亲去世已经四十五年，虽然这想法很痛苦——对他而言是最痛苦的想法了。

被猫意外骚扰的事件平息之后，他的生活又恢复了平静，

---

① "坚果"的英文 nut 也有"疯子"的意思。

漫长而平静。他一直用自己独特的方式享受着这种平静。对他而言，生活是用来度过的。经历不是在当下被享受的，快乐也不是当下获得的，而是在经历过以后，沉淀下来，成为过去的一部分，才能成为"生活"、"经历"和"事业"本身，才能够被享受。就像大自然中的色彩，只有被彩色照片或者绘画作品捕捉到，消灭了画面上的空白，将真实的空间扭曲，才能真正成为某种色彩。他养成了一个习惯，在零散的独处时间里，他会将他的工作经历用表格的形式整整齐齐地写下来，好像这些材料将来会被递交给某个雇主。他常常会感叹这些年过得如此平顺，尽管有挫折、惊险，但总体来说，他的生活像是自动安排好了一样，有条不紊地推进，十七岁的时候他绝对想象不到生活可以是这样的。

　　一如珍惜过去，他也珍惜自己的外表。他是个大个子，身材不错。他的衣物合体挺括。在日常的生活细节上，无论是穿西装，还是餐后打开一份报纸，他总是不慌不忙。有两个原因让他看起来比实际的年龄要大：一来他身上有种老年人的整洁，看得出他可以很好地照顾自己，但其整洁程度也没有发展到洁癖的地步；二来他有很多刻意养成的习惯。他总是先刮右半边的脸，总是先穿右脚的鞋。他非常注意饮食，有一套自己的饮食规矩，并严格遵守，好像这些规则是由一个非常值得信赖的医生为他制定的。早餐的时候，他只看《每日电讯报》的头版，其余的内容都留着到办公室后才看。他总是在维多利亚区一个固定的摊贩那里买两份晚报，《新闻报》和《标准晚报》，付钱之后他从不扫一眼看看报上有什么内容，而是直接将报纸塞进公文包。在地铁上他是不看报纸的。（他心里默默嘲笑那些在地铁上看报的人。）报纸是留给晚餐之后的闲暇时间看的。他不把新闻当作新闻来看，因为大多数内容他转眼就忘了。对他来说，报纸就是一种专为饭后的闲暇时间而生的产品，它在他和它所描绘的世界之间架设了一层屏障。

现在是无味的，因此它的消逝不值得惊恐。他的房子后面有一片学校操场，操场上有一棵树，通过这棵树他看到了春去秋来，时光消逝。每天刮胡子的时候他都会研究窗外的这棵树，直到完全记下了每一根枝丫的样子。在对这个生物的凝视中，他体验到了生命的可靠。他开始把这棵树看成自己生命的一部分，一个记载着他的过去的标志物，因为它和他一起经历了很多岁月。春天的新叶、夏天的绿荫、冬天的枯枝，他并不把这些看成是生命在被慢慢消耗。这些只象征着时间的流逝，象征着生活经验的增长，他的过去变得越来越长。

他身边有很多这样可靠、延续、流淌着的事物。汤姆林森家的圣诞装饰是其中一样，虽然这些摆设越来越旧。在办公室里，他的助理孟席斯小姐（他作为"首席图书馆员"领导的人就她一个，除此之外别无其他馆员）有十八套套装。一开始的时候这个发现让他有些恼怒，因为他没有想到自己会去注意一个女人的穿着，但她有规律的着装习惯慢慢成了一件让他安心的事情。有些衣服旧了被淘汰了，但总数永远保持不变，每个工作日一套衣服，连续三个星期之后开始新的一轮。后来他能够通过她的衣服判断出当天是星期几。他想象着这些衣服越来越旧，变成褴褛破布（不过，他很难想象孟席斯小姐不着紧身衬裙，穿着破旧衣服的样子），最终化为尘土，如同他的树叶一般，她的新衣服就像春天里冒出的新叶。

在家里，则有米林顿小姐。每个星期四下午，这个老妇人都会去看为领退休金的老人放映的特价专场电影，后来他买了电视机，但她还是照去不误。他总怀疑她说是看电影，其实多半是在电影院里睡觉。星期五早上他总要问她看了什么电影，他喜欢听她说出那些或惊悚或浪漫的电影名称。"你昨天看的是什么电影，米林顿小姐？""《火海浴血战》，先生。"她回答道。说的时候，她那张呆板的方脸盘上没有任何表情。她粗哑、含混的声音总让他想到张着嘴巴苟延残喘的鱼。

这个星期五的早上，在冰冷的卫生间里刮胡子的时候，他透过玻璃窗看到外面已然是一派熟悉的冬景。光秃秃的树后是女子学校那片氤氲潮湿的操场。这部分操场离学校的主楼和网球场有段距离，夏季的时候会有很多低年级女生在这里玩耍。这些小家伙喜欢身体的触碰，互相打闹，搂抱成一团。但现在，到了冬天，操场上绝大多数时间是空空荡荡的，只在某些早晨有个小腿壮壮的女体育教师和穿着红袜子的学生队伍出现。学校操场之外，他还看得见两栋房子的后院，房子的主人他都不认识，但他在心里给他们分别起了"雄性男"（一个矮小但筋骨结实的男子，有着一大家子）和"老怪物"（一个非常胖的女人，冬天几乎处于冬眠状态。春天的时候，她穿着像健身服一样的衣服，踮着脚在花园里走动，手像合唱团指挥般挥舞着一个洒水壶）这两个绰号。"雄性男"喜欢把身体探出窗外，刷油漆啊，锯啊，敲啊，总是在消防梯上跑上跑下，修缮他的小巢。斯通先生只要有空就观察他，暗自希望有一天他会从墙上摔下去。他讨厌这种修修补补的行为，其程度不亚于他对那些周日早上在街上清洗车子的人的厌恶。对于自己日渐衰败的房子——内装修随着时间的推移越来越寒碜，客厅墙纸下半部分积满了多年的污垢——他是怀着欣赏的态度去看待的。因为他觉得像房子这样的东西，应该随主人一起变老，显示出是老年人的居所，那才是合宜的。

但这天早上，窗外熟悉的景色并没有给他带来安慰。他隐隐觉得心中不安，但又吃不准不安的来源，而且这种情绪久久不能消散。因此他有些惊恐，似乎他那井然有序的世界受到了威胁。

米林顿小姐在楼下忙碌，她又胖又磨蹭，显然年纪太大，不适合工作了。但若退休她将一无所有。她的脸苍白而浮肿，眼睛朦朦胧胧带着倦意。她穿着光亮的、一直垂到肿大的脚踝处的黑裙，外系着长长的白围裙。

"昨天你看了什么电影，米林顿小姐？"

"《冰海沉船》，先生。是部好电影，先生。关于泰坦尼克号的。"她很少会这样主动就一部电影发表评论，显然看这部电影的时候没有睡着。在她心目中，泰坦尼克号沉没要比两次世界大战都重要。

在对生活的精心考量中，他已经把米林顿小姐纳入其中：她跟着他已经有二十八年了。他预想过有一天她会死去，但没有对这个念头深究下去。这个早晨，在思索自己为什么会觉得不安的时候，他劝自己相信眼前的这个女人，这个受年龄和沉重的身躯之累变得越来越迟缓的女人就快死了。他以前从来没有这样想过。一旦有了这个念头，他晨间惯常做的所有事情，虽然还在照常发生，但好像已然成了历史。这是一件他必须要挥手告别，而不可以纳入经历储备中的事情。

他知道这只是胡思乱想，就像很多其他傻念头一样。但这个想法在他脑海里驱之不散。

他将《每日电讯报》折起，用大拇指的指甲顺着折缝将了一遍，然后将其塞进皮质公文包。公文包一如它的主人，上了岁数，有的地方皮质暗淡，有的地方则被磨得亮闪闪的。（这个包他用了二十二年了。对在地铁车厢里看到的"像您这样的先生"需要一个新皮质公文包的广告，他非常厌恶，觉得那是一种冒犯，是个诡计。）然后，他穿上厚厚的辛普森牌外套，戴上圆顶礼帽，准备出发。

这是一年中所有常规都被打破的时节，街道变得让人难以容忍，所有的工作都很难完成，日子孤单、漫长而无聊。圣诞节前后的这个星期，一切都乱了套，直到假期结束，生活才能回归惯常的轨道。孟席斯小姐这天穿的衣服他认得。她和往常一样把自己丰满的胸脯裹在紧身胸衣里，和往常一样搽着粉抹着香水，和往常一样穿着高跟鞋。她精神昂扬，和往常一样"职业"，就连这样一个早晨她也能让自己显得很忙碌，尽管并没有什么好忙的事情。需要处理的只有伊斯卡尔公司总裁哈里爵士写给《泰晤士报》的信。这封信是哈里爵士嘲讽文风的一个极好体现。他批评商店不积极备足复活节商品，抱怨商店里都是为圣诞节而购物的人群，害他买不到复活节商品。这封信是他从九月底开始撰写的一个系列通信的最后一篇，系列的名字是"圣诞节离我们越来越远"。此外，来自另一个部门的"写手"提出的查阅资料的要求，使他们发现孟席斯小姐的前任——一个在二战结束后匆匆任命的男性秘书——把另一个文件也归错了档。那个人几乎不识字，如果让他和杂志社打交道，他就把要投稿的文章从信笺上撕下，用订书机订起，弄得翻页的时候阅读被迫中断，让人非常恼火。（在一次罕见的怒火爆发中，斯通先生果断采取行动，使这个人被降职到地下室商店工作。此后数年里，在地下室，还有在公司员工花上几个便士就能吃上一顿午餐的公司附属厨艺学校的肮脏餐室里，这个人一直扬言说这个部门的文件管理系统就要完蛋了。）把文件夹放对了地方，然后就没有什么事情可做了。斯通先生午饭时间的惯例是去附近的一家酒吧喝杯健力士黑啤，这天酒吧里又热又吵，让人无法忍受。那啤酒杯显然只是在水池里匆匆浸了一下，没有洗干净。他站在靠近酒吧敞开的门口处，那杯啤酒一点儿也不能让他感觉到享受，他心中又莫名地惶惑不安了。他努力想要摆脱那种感觉，但它驱之不散。站在灌下了不少啤酒、吵闹的人群边上，他终于意识到自己其实非常不开心。

那晚，他随着潮湿涌动的人流进了地铁站，准备搭地铁到维多利亚站的时候，注意到一张伦敦公交的海报。这海报应该是新贴出来的，可能就是针对才过去一半的漫漫冬季而设计的。

在这潮湿阴冷的日子里，对我们这些整天穿行在城市街道上的人来说，可能很难去相信白昼正在变得越来越长，冬天就要过去了。但是，在冰冻的泥土下，在干枯的树枝里，生命正在萌动。那些对春天的到来有所怀疑的人，请到伦敦的郊外走一趟吧，嫩芽正悄悄地为春的到来做准备。

那些对春天的到来有所怀疑的人，这句话在他的脑海里被放大，使他的不安有了一个焦点。他想起了那些心神不安、无着无落的时刻——记忆和恐惧加速袭来，他看到过去一年中这样的时刻越来越多：电影中飞闪过的一幕，办公室里的一句话，报纸上的一篇文章，他自己的一个思绪——因为这些时刻不在他一成不变的生活轨迹上，所以他以为它们已经被埋藏。但现在，在列车机械化的前行中，在两旁熟悉的黑暗划过之际，这些时刻再度——浮现出来，好像是在等待他审视、抛弃，然后再次捡起。

在这样沮丧且无序的一天里，还发生了一件事情，让他几乎是跌跌撞撞、怀揣着恐惧回到家，去见米林顿小姐。

他沿高街①往家走。天色已暗，路面蒙着一层湿冷的污泥。路过公共图书馆灯光昏暗的大门口时，他一眼就看到一个妇人和一个男孩站在台阶上。他只看了他们一眼，就惊恐地把目光移开了。那男孩的牙齿竟然都是尖的。那妇人的神情里透着一种孤寂和凄凉，势必因为有这样一个残缺的孩子。那男孩的四肢和别人没有什么两样！他想到了老鼠，老鼠必须不停地磨牙，否则牙齿就会长得过长而穿透脑袋。他不愿意相信他刚才看到的那一幕是真实的，也不敢回头再看。那一幕留在他的脑海里：呆滞的脸庞，黄色的尖牙——成长的激素让人变得阴郁而丑陋。

几秒钟后，他走到了一家著名的卖搞怪玩具的商店门口，橱窗里的灯照亮四周。他停下，深深吸了口气，动作看起来相当夸张，然后闭上眼睛。

一位老绅士，整整齐齐地穿着外套，戴着帽子，拎着公文包，站在搞怪玩具商店的橱窗前，好像是在对着橱窗里的仿健力

①高街 (high road)，英国对一个市镇主要商业街的统称。大城市的每个区域都有高街。而在偏僻的小镇，所谓的高街则可能只是一条有邮筒、公用电话和小便利店的街道。

士黑啤酒杯、塑料粪便、怪物面具、橡胶蜘蛛和塑料假牙微笑。

～

　　将花园丢给野猫，将米林顿小姐丢给她的亲戚（他相信她有数个侄孙，因为在周四早上的采购中，她偶尔会买些糖果小礼物），抛弃门厅里、餐厅中和某段楼梯上那些米林顿小姐每年都要拿出来的圣诞装饰品，斯通先生出发了。这些圣诞装饰品不意味着节日的到来，更像在昭示节日就要结束了，而且圣诞当日他们两个都不会留在家里欣赏这些装饰。斯通先生去了班斯台①，他妹妹家。他妹妹寡居多年，原来是个学校教师。历年来他都在她家里过圣诞。

　　他认为他圣诞假日期间去班斯台是个秘密，他竭力守着这个秘密。尽管警察局在门口的公告栏上提醒大家外出最好告知当地警局，还散发了很多小册子和广告敦促大家，他却从没有这样做过，因为他坚信他们和邻近地区的小偷强盗是一伙的。他去妹妹家期间，小偷可是永恒的谈话主题。她被偷过多次，所以和别人的交谈有很大一部分是关于偷盗的：成功的，不成功的，以及该如何防范入室盗窃的贼。她说她常常搬家就是因为害怕小偷。过去的十二年间，她从伦敦的博汉姆搬到布里克斯

①班斯台（Banstead），英国萨里郡的一个城镇，位于伦敦西南，临泰晤士河。

顿，再到克罗伊登、萨顿，最后到了班斯台。每一次搬家都使她住得离市中心越来越远，尽管她为每一处新的住所都制定了各种修缮方案，但她的家总有一种仓促搬入、尚未完工的样子，斯通先生经常忍不住拿她的房子和自己的作比较。

但去奥莉薇家是件愉快的事。斯通先生和妹妹之间的关系几乎一直维持着童年时期的状态。在他们短暂的互访活动中，奥莉薇给予他女性的关怀，这种关怀要高于米林顿小姐能给他的照顾，而且他有时候也会觉得自己是需要这样的关怀和体贴的。她会引用他的话，注意他的生活习惯，并以此开玩笑。他讲的笑话，她有时候也会当作自己的借来一用。他们俩的关系在二战期间有些疏离，因为在三十七岁那一年奥莉薇突然结婚了。但婚后不到一年她的丈夫就死了，此后没多久，格温出生。他们俩的关系因此有所缓和，但里面掺进了些许伪装，因为斯通先生不怎么喜欢小孩，对于格温更是一点儿也不喜欢。不过对奥莉薇，他倒是越发关切起来。那一年发生的事情让奥莉薇像是变了一个人。她的头发变得灰白，一口好牙也毁了，嘴唇变了形，只剩下纯粹的保护牙床和牙神经的功能。她讲话的时候唾沫星子会在嘴角边聚集起来，而且讲话的速度越来越慢，有时候甚至含混不清。

斯通先生在和格温的相处上下过功夫，但不成功。斯通先生听很多人说过，也在不少地方读到过，孩子和狗差不多：他们知道哪些"成人"，或者说"成年的人"不喜欢他们。"成年的人"原先并不在他的词汇库里。他知道和小孩子相处需要有特殊的技巧，同时还要有一颗纯真和绝对诚实的心。他也明白和小孩相处相当累人，是对大人耐心的考验。他努力过了。他认真地和她谈话，认真地陪她游戏。但他总是无法搞清楚她真实的想法，她常常还嘴，让他别傻了。那些"和孩子们在一起"的下午，人家说有多么放松，他却觉得精疲力竭，几乎有要杀人的冲动。三年前的某个下午在游乐场发生的一幕，让他这辈子可能再也不会喜欢上小孩子了。当时她拒绝了他乘坐垂直升降机的提议，说："我可不想在假日里尖叫，像个售货员似的。"她的拒绝脱口而出，这样的措辞显然并不是她自己想出来的。那一年她十三岁，看着她长胖，变丑，手臂变壮，手指变得粗短愚笨，他内心非常满足。他最不喜欢看到女人的手指长成那样。奥莉薇说，那是婴儿肥，但那肥胖一点儿也没有消退的意思，而他则在暗地里成为肥胖的帮凶。比如说，奥莉薇禁止格温吃的巧克力，成了他的有效工具。格温特别爱吃巧克力，他一有机会就偷偷塞给她半磅。但就算如此，他们俩的关系还是没有改善，因为她很清楚地告诉他，她认为他的礼物只是贿赂，而靠贿赂是无法换得她的爱的。

此外，和这个小东西打交道的另一个麻烦之处在于礼物的选择。在他看来，送伊尼德·布莱顿①的童书应该是很保险的。

①伊尼德·布莱顿（Enid Blyton，1897-1968），英国著名的童书作家，一生写下七百多本儿童读物。

但没有任何征兆地，这个小东西的口味变了，他曾在塞尔佛里奇百货公司①门口排着长队，买下了著名的"五系列丛书"中的一本，还请作者签名，写下她对格温的祝福，但这些努力变得徒劳而可笑。还有一次，他自取其辱地给她买了一个玩具手袋，但那手袋给八岁的女孩子还差不多，而她已经十五岁了。去年他终于找到了解决问题的方法，给了她一张两英镑的支票，但这钱好似打了水漂。不过今年他仍旧准备这样做。

所以，尽管无法把她看作是奥莉薇的一部分，但他接受了她是奥莉薇的家的一部分这个事实。随着格温年龄的增长，奥莉薇好像开始慢慢恢复她独立的人格，这让他觉得他和妹妹的关系中那些虚伪的东西在减少。奥莉薇还是能够给他以安慰；他还是能够给予她带有保护性质的怜悯。去她那里就像是回家。从她那里离开总能一次次给他重获自由的感觉。

但就算是奥莉薇也没有能够消除他今年异样的不安感。她还是像往年一般欢迎他的到来，并四处张罗，同时神色平静，做事慢吞吞的。她照旧穿着他熟悉的棕色长裤，这是她在战争期间养成的一个习惯，看到她穿成这样总让他心里对她多几分温柔。本来以她的身高和窄臀穿裤子还是好看的，但她在打扮的时候显然没怎么在意。要不是她走起路来腰板有些僵硬，上半身微微前倾，总一副在忙碌、有事情要张罗的样子，斯通先

---

①塞尔佛里奇百货公司（Selfridge's），总部在伦敦的大型百货公司。

生会觉得她的穿着多少有些滑稽。

　　一切安排还是和往年一样。圣诞前夜他在房间里帮忙布置，同时默默忍受着格温恶声恶气的批评。（这样一个小东西会有朋友吗？在他的想象中有这样一个场景：她皱着眉头，眼睛几乎斗了起来，穿着校服在街上行走。她把书包抱在怀里，一边嚼着糖果，一边和她瘦小、沉默的同伴谈论着她们的"敌人"。这个同伴过不了多久也必将成为她的"敌人"。）然后，他喝着健力士黑啤酒看电视，奥莉薇则在厨房里忙碌。一餐又一餐中，他看着肥胖的、永远无法得到满足的格温病态地、津津有味地吞下许多土豆和甜食。奥莉薇想要阻止，但斯通先生总是说："圣诞节嘛。"

　　但所有这些熟悉的事情，今年却无法令他融入其中。它们像是被放大了的现实，这现实变得不现实，每件事情好像都在发烧。最后到了该离开的时候，像往年一样，他带走了一个奥莉薇做的布丁。他从没把放布丁的碗还给过奥莉薇。这些碗都被洗干净，白白的，放在米林顿小姐掌管着的橱柜里。加上今年的这一只，它们摞得整整齐齐的，就像他的经历、他的过往。

꿈

　　回到家，斯通先生看到花园的泥土上刚撒了驱猫胡椒粉：显然在米林顿小姐掌管房子期间，猫又来袭了。这事若放在几天前，他还能恼怒上半天，现在他却无动于衷。树叶已经掉尽，可以毫无遮拦地看到"雄性男"的后窗。后窗挂着窗帘，里面亮着灯，窗框则是令人作呕的绿色（这个颜色是"雄性男"去年春天的时候选的，他把这个颜色仔细刷到房子外墙所有的木材上）。"老怪物"家的灯没有亮。入夜的迷雾正在学校的操场上弥漫开来，假日就要过去，一天即将结束，整个世界似乎停滞下来。

第二天早上他收到一封信，是斯普林格太太写的。她说很高兴能认识他，并邀请他参加一个小型的新年聚会。她说聚会上有饼干和奶酪，"奶酪"这个词后面她在括号里加了一个感叹号。信的结尾说："如你知道的那样，我正努力使自己开心起来，我真心希望你能来参加此次聚会。"

这封信有几点让他恼怒。他对标点符号的使用非常在意，斯普林格太太在一处该用句号的地方用了逗号。她的字迹循规蹈矩，毫无个性，斜斜地排成行，显得很老派，抵消了她言辞中想要传达的幽默。他觉得她重提奶酪一事，还加了感叹号，显得很傻，还有她那么明显地暗示自己在居丧，似乎带着炫耀，一点儿也不诚恳。但她写信给他又让他感觉有些受宠若惊。连他自己也感到惊讶的是，他现在似乎对新鲜的事物，对能够打破他生活常规的事物，很是向往。如果寄邀请信的人是熟人恐怕不会引起这样的反应。这个邀请变成一件大事，让他在此后的一段日子中有了一个重心。一个新认识的人，一段新的关系——

谁知道接下来会发生什么呢？

斯普林格太太住在伯爵府一带。斯通先生过去一直觉得那个区太过拥挤，名声也不好，此刻他还是这样认为。那个地铁出口脏兮兮的；马路对面的某座建筑里，英国国家党①正在开会；有个男人在一辆货车后面声嘶力竭地叫嚷着什么；几家装修新潮、亮着霓虹灯、橱窗一闪一闪的咖啡馆里坐满了人；街上满是艺术院校学生打扮的年轻人和各种肤色的外国人。

斯普林格太太给的地址是一家在伯爵府街上、新月形拐角处的私人旅馆。旅馆门铃下挂着块小牌子，上面用工整的字体写着"只允许欧洲人入内"，暗示了这里是那些寻求尊严和安静的人的庇护所。斯通先生后来发现这里其实也是一切上了年纪的事物的庇护所。他乘坐电梯来到斯普林格太太的房间，那电梯和他在旅馆小小的大堂里看到的大多数人一样上了年纪，颤巍巍的。斯普林格太太的房间里，床被不那么巧妙地掩饰成了沙发，室内空气污浊，所以窗开着，外面是一片屋顶和烟囱，衬着阴沉的天色。这不是他想象中的斯普林格太太的居所。就算有一个名叫迈克尔的穿着白色制服、上了年纪的旅馆服务员在场伺候，也不能抵消这个地方透出的寒酸相。不过，他还是度过了一个颇为愉快的夜晚，斯普林格太太妙语连珠，猫和奶酪的故事又被讲了两遍，他像上次一样受到斯普林格太太的感

---

① 英国国家党（British National Party），英国极右的政党。

染，也说了些俏皮话。但每次兴奋之后，接踵而来的是抑郁。

接下来的两个周日，他都邀请了斯普林格太太来家里喝茶，并做了精心的准备。在准备的过程中，米林顿小姐显示出了非比寻常的热情，用她自认的轻快脚步走来走去。壁炉被擦拭干净，平整不一的瓷砖被擦亮，露出褪了色的本相，熊熊的炉火燃烧着。蛋糕和司康饼备下了，桌子铺陈好。在慢慢升起的暮色中，他们两个等待着。

门铃响起，两个人都走到风很大的门厅里。门打开，斯普林格太太站在门口，脸上带着不自然的微笑。略带张皇的斯通先生把她介绍给米林顿小姐。

"这就是那个花园了！"斯普林格太太在花园里转转的时候说。她用鞋子碰了碰一株带着胡椒粉的低矮植物。在她的碰触下，胡椒粉成片地从叶子上散落下来，那片不怎么有生气的叶子随之虚弱地恢复了原有的轻快。

她用她参加宴会时的语气问："我猜这是一株灌木吧。你叫它什么呢？"

斯通先生回答道："我还真不知道。它在这里长了已经有几年了。是种常青植物吧，我猜。"

"米林顿小姐，平民是怎么叫这个的？"

从那一刻起，斯通先生再也不能和米林顿小姐站在一个阵营里了。

米林顿小姐回答说："夫人，我不知道正确的名字是什么。

不过平民们……"

但斯普林格太太的注意力已经挪到下一桩事情上去了，就这样，还没有正式进入房子，她已经把自己当成房子的女主人，同样也是这栋房子的两个居住者的主人。

三月份的第二个星期，斯通先生和斯普林格太太结婚了，当时，学校操场上的树正长出新芽，阳光下那芽尖看起来是白色的。

# 二

取代焦虑的是泄气，是某种恐惧和极度的害羞。在斯通先生和斯普林格太太成为夫妻的第一个夜晚，随着洗漱时间的到来，这种恐惧和害羞变得越发强烈。单是想到丈夫和妻子这两个字眼都让他感到不好意思。他等待着，不愿意开口，也不愿意先去卫生间，最后还是她先走了进去。她在卫生间里待了很长时间，而他含着早已熄灭的烟斗，沉浸在独处之中，好像从此以后他再也不会有这样的时间了。

"轮到你了，理查德。"

她的声音不再有那种故作深沉的腔调。她试图让自己听起来很轻松，结果更像是在吆喝。

卫生间里原来存留着他的气味，那气味总是让他感到满足。现在，里面多了一种温暖的、香喷喷的湿气。然后他看到她的假牙。他没曾想到过她戴假牙。他感觉受了骗，有些恼怒。他感到后悔，有一下子被强烈的恐惧攫住的感觉。然后，他取下自己的假牙，颓然地走上那几步台阶，走进他们的卧室。

他从不顾忌邻居的看法，也拒绝和他们打招呼，因为他害怕，天知道这样的交往会不会让他和什么人成为亲近的朋友而脱不出来。他也不想让邻居知道他家里发生的变化，所以故意让玛格丽特分了好几次，一点儿一点儿地把她的物品搬进来。他觉得到目前为止，他的计划还是成功的。玛格丽特在伯爵府街上那家旅馆里的家当，两个箱子就搞定了。他们从窄小幽暗的旅馆大堂走过时，那里的老头儿老太太都将视线转向了他们，那些年龄偏小的目光还颇为谨慎收敛，几个真上了年纪的则直接地、肆无忌惮地、用疑惑的眼神看着他们，让斯通先生觉得他绑架了他们中的一个。不过玛格丽特摆出胜利者般庄严的架势，让这更像是一次救援行动。他们是傍晚时分到他家的，好像是回家吃晚饭一般。斯通先生故意做出对那两个箱子随意摆布的姿态，暗示他就是箱子的主人，无论是谁如果恰巧看到了，都会觉得那就是他的物品。

两人默默地各自躺下，还没有来得及在各自的床上睡稳（玛格丽特睡的小床是从奥莉薇偶然造访时睡的那个房间里搬来的），她突然坐了起来，那机灵的程度几乎可以和她在宴会上的表现媲美。她说："理查德，你听到什么动静了吗？"

他确实听到了。但是此刻屋里寂静无声。他重新躺下，害怕她再度开口。

啪嗒。

响动非常清晰。

嘭！吱！好像是有人踩着铺着薄薄地毯的楼梯，小心而坚定地往上走。

"理查德，房子里有人！"

话音未落，脚步声没有了。

"去看看，理查德。"

他不喜欢被呼来唤去，但还是坐了起来。他觉得她是在扮演一个受了惊吓的女人的角色，并且很享受这样的设定，他还注意到她把毯子一直拉到了头颈处，顿生不满。

这种责任对他而言是全新的，让他又忧虑又恼怒。尽管他自己也被吓到，但此刻他希望房子里确实有个强盗，站在门外，进来把他和她都杀了，这样就解脱了。

啪，嘭，啪。

他掀开被子，跑到楼梯口，打开电灯。他希望他的速度和巨大的动静能让那声音安静下来，并将它赶出去。

他叫道："嗨！是谁啊？有人吗？"

没有回答。

他小心地靠近楼梯扶栏，向下望去，楼道里黑漆漆的，栏杆那被拉长了的斜影有一种狰狞的味道。他看到门厅里的电话机，拨盘在黑暗里散发着金属的光亮。

他赶紧跑回卧房，关上门，打开电灯。她裹着花哨的睡衣站在灯罩下面，她的嘴因为没有戴假牙而瘪着，床上十分凌乱，床单因为不够大翻卷起来，露出权充为床垫的三个大垫子（米林顿小姐按照红白蓝的秩序摆放的）。

他带着轻微的恼怒在自己的床上坐下，"什么也没看到。"

他们各自保持着先前的状态，什么都没有说。他避开她的目光，四处打量着。他以前一直觉得他的卧室很舒适。现在住进了另一个人，他再度逐一审视，内心越来越恼怒。在他的指挥下，米林顿小姐把那个带穗子的灯罩涂成了绿色，这倒不是为了遮掩破旧，纯粹是想改一下颜色，现在灯泡亮着，可以清楚地看到她涂得乱七八糟的，很不均匀。窗帘用三块不怎么匹配的棕色丝绒布拼接而成，那是米林顿小姐选的颜色，因为不容易显脏。地毯也很旧了，看不出原有的图案和颜色，那一圈脏兮兮的深棕色油毡封边（硬得像是金属制品）也看不出原有的图案了。墙纸很脏，天花板上满是裂纹。几乎成了暗黑色的衣橱旁，是一把破旧的扶手椅，好多年没有人在上面坐过了，现在它的功能是堆放杂物。

啪！嘭！啪！

"理查德！打九九九叫警察吧，理查德！"

他意识到这是必要的，但又很害怕这样做。

"和我一起下楼去打电话。"他说。

如果可以，他非常希望她能走在他前面下楼，但是他的新角色和责任不允许他这样。拿上一根弯掉了的拨火棒，他蹑手蹑脚地带着她下了楼，一路上防备着有可能从任何一个黑暗角落窜出来的强盗。到了门厅，他一手拿着拨火棒，一手拨了电话。当电话那头传来了冷静的、不急不慢的问询时，他立马就后悔了。

他们上楼等着警察的到来，沿路把屋里所有的灯都打开，并走进卫生间各自戴上假牙。现在除了他们自己的响动，房子里很安静。

门铃响了，斯通先生拿着拨火棒走到楼下开了门。只拿着一只手电筒的警官饶有兴趣地看着他的拨火棒。斯通先生开始为打扰了他们而道歉。

那个警官打断了他。"我已经派人绕到房子后门查看一下。"他边说边往里走，然后沉着而熟练地在房子的每一个角落里搜寻起来。

什么都没有发现。

屋外的警员也从大门走了进来，他们都在尚存着一些暖气的客厅里坐下。

"在这种连排房屋里，有时候隔壁房子的响动听起来好像就在自己的房子里。"警官说。

那警员则微笑着，玩弄着手中的电筒。

"房子里确实有外人。"玛格丽特争辩说。

"房子后面有门吗，或者有任何其他入口可以闯进来吗？"

"我不知道。我今天晚上刚在这里住下。"她说。

没有人接茬。斯通先生故意看着别处。

"你们要不要喝杯茶?"他问。他看的电影让他相信警察们在这种场合会坐下来喝茶。

"是的,喝杯茶吧。"玛格丽特说。

警察婉拒了喝茶的建议,对他们的道歉也不予回应。

这一晚,房子里灯火通明,而且门口还来了警车,这自然引起了众多邻居的关注。所以原本打算对婚事秘而不宣的斯通先生,第二天不得不承认自己结婚了,其后果是不得不承受各处飘过来的探询的目光,以及邻居们站在窗口对他们屋里一举一动的张望。

通常来说,米林顿小姐对她不在的时候房子里发生的种种怪事见怪不怪。但这次,就连她也无法掩饰因警察造访而激动的心情。

✿

有一件事情让他感到宽慰:他们走到一起是因为将彼此视为风趣的人。在婚前的那段交往中(他不喜欢"恋爱追求"那样的字眼),他头脑发热,努力地把自己塑造成那种非常具有幽默感,而且能看穿生活中种种荒谬的人。然后他开始担心,结婚是否意味着他一辈子都得吃力地去扮演那个违背他自然本性的角色。但他惊讶地发现，玛格丽特并没有指望他婚后还那样诙谐幽默、兴致勃勃；同样让他惊讶的是，他发现她在宴会上的种种做派，并不是他以为的天性流露，那只是扮演给熟悉她名声的朋友们看的，是就可以立即抛弃的。在吃完晚饭，共同沉默着的那段时间里（他看报纸，玛格丽特则写信或织东西，鼻梁上低低地架着细框眼镜，让她看起来一下子比实际年龄老了许多），他常常想到她对他说的第一句话真是聪明，那么精准地选对了话题（"你……喜欢猫吗？"），以及他自己在那次宴会上说的最后一句话，是那么出乎意料地精彩（"我想这就是为什么人们叫它们坚果。"），他为他们两人感到羞愧。因为她再也没有表现出那样的唐突或"机敏"（他觉得他在遇见玛格丽特之后才充分理解了这个词的意思），而他也再没有表现出那样的智慧。

对于玛格丽特的过去，他从不多问，她也不主动讲述。他常常会想到，但努力克制着不去深想：玛格丽特的行为表明他们在"恋爱"期间说的那些话是不作数的，她并不像她之前表现出来的那么高贵。他也同样如此——这更让人痛苦。他自己的秘密，那些在遇见她的那个晚上前并不能称之为秘密的秘密，现在必须得揭开。比如他所谓的首席图书馆员的头衔，和他每年一千英镑的收入。实际上玛格丽特什么都没有问。但是秘密是沉重的，他没有耐心和耐力去隐藏，或者继续欺骗下去。虽然他的地位和薪水都还不差，但他觉得玛格丽特的期望会更高，所以她暗暗地瞧不起他。虽然他也暗暗地瞧不起她，但他认为自己并没有恶意，所以这样想想也无妨。

或许暗地里她是瞧不起他的，但她的言行举止中没有流露出来丝毫。而且他惊诧地发现，他还能保持过去绝大多数生活习惯。他像以往一样白天在办公室上班，改变的只是家里除了有米林顿小姐之外，还多了一个玛格丽特。米林顿小姐比她的主人更平静地接受了家中多一个女主人的事实。但总归还是有些事情和过去不一样了。比如说他的独处，他再也不会下班回到一栋没有人的房子里。还有就是他和奥莉薇的关系。尽管她送上了满满的祝福，他也努力装作一切都没有改变，但他知道因他结婚而使他们兄妹关系间形成的隔阂，比格温的出生更具腐蚀力。另外，就是他房子的气味和感觉变了。

因为米林顿小姐做的清洁工作不是那么有效，所以他的房间里总是有股子霉味，他很喜欢这种味道。现在，取代了这种霉味的不是被清洗之后打了蜡、刷过肥皂水的味道，而是一种新的、古怪的霉味。有那么几个星期，他觉得客厅已经不再是他原来的客厅了，因为那里出现了一张崭新的虎皮。玛格丽特解释了虎皮的来源，还拿出一张装在相框里黑乎乎的照片，照片上有一只死老虎。还有一个留着胡子的英国骑兵军官，身子笔挺坐在一张笨重的木质扶手椅（天知道这椅子是从哪里冒出来的）里，一只手摸着放在大腿上的来福枪，一只穿着锃亮皮靴的脚踏在老虎身上。他无法掩饰自己的笑容。他身后站着三个神色忧郁、头上包裹着大头巾的印度人，他们要么是帮着狩猎的当地人，要么是脚夫。还有许多小家具，和虎皮一样陆续出现在屋子里。他觉得这些玩意儿又繁琐，又没有什么用处，而且看起来和他原有的三十年代的大件家具完全不搭。但米林顿小姐却好像发现了失而复得的宝物一般，经常不辞烦劳地给这些家具打蜡。她使用一种液体打蜡剂，那些液体在家具的缝隙里留存、风干，留下不规则的灰白色图案。为了能放下这些新来的家具，原有的家具必须重新摆放。米林顿小姐和玛格丽特就此进行讨论，并动手实施。推动和挪拉家具的时候，米林顿小姐带着痛苦的快乐——她闭上眼睛，嘴唇抿紧了，几缕湿漉漉的灰头发从发套里钻出来。所以一个又一个傍晚，斯通先生回到家，迎接他的是面目全非的家和两个带着一脸期待神色的女人，她们希望得到他的赞许。

在结婚之前，他只是米林顿小姐的雇主。现在他成了老爷。而且对这两个女人来说，他的角色还不止于此。他是个"男人"，一个具有不同品位、能力和权威的物种。每天早晨他离家上班是作为一个男人离开的——或者说是被派出去的，穿得整洁笔挺，一尘不染，毫无差错，好像他要去面对的是整个世界——每天下班后，他也是作为一个男人回家的。这种全新的责任感更让他感觉自己是不称职的，他甚至有点觉得自己是在骗人。特别是对米林顿小姐，她在等着他对她的态度和行为有所变化，而且她似乎笃信这样的变化即将发生，可他感觉他在让她不断失望。他是一个有局限的"男人"，只有和妹妹奥莉薇在一起的那么几天，他才感觉自己是个真正的男人。偶尔有这种感觉让他挺受用的，但每次结束的时候他也很高兴自己能够从这个角色里逃离出来。现在，没有地方可逃了。

作为她们勇敢的公牛，每天在"职场"（孟席斯小姐的说法，玛格丽特也是这么说的）冲杀，他希望能够在办公室里找到安宁。但那里也没有安宁，因为他烦恼地发现，他的言行举止日益暴露出他生活角色的转变。他以前很为自己的整洁感到骄傲，现在他不单单是整洁，而是那种被照顾得很好，几近衣冠楚楚的样子。一开始的时候，那些年轻人对他的婚姻状态有些不尊敬的暗示，让他非常不舒服。而且，同事们对他的态度也有所改变。年轻的女孩不会再拍拍他，或者和他调调情，他也不能想象自己再装出恼怒的样子，用圆柱形的尺子打她们屁股，阻止她们进一步的挑逗。随着自由气息的一步步丧失，他变得越来越像一个女人的所有物，出来上班不过是一种假释。办公室里的年轻人，甚至包括那些也结了婚的，对他不再像以前那么包容，也不再像以前那样假装把他当作他们中间的一员。现在，办公室里有兴趣和他打交道的只有那个佛教徒威尔金森，但他是一个会只穿着袜子在公司走廊里走来走去的怪物。

他慢慢养成了下班后在办公室里拖延一会儿再离开的习惯，好像是为了挽回一点点他渐渐失去的、自己一个人待着的机会。有一天晚上，他关上图书室的灯，走进黑黑的过道时，撞上了一个和他差不多高的男人。那人穿得不齐整，原来是门卫。这时候传来一个女孩上气不接下气的声音（他听出来那是一个打字员小姐的声音）："我们找不到灯的开关，斯通先生。"他给他们指了电灯开关的方向，还过去把灯都打开。等到了地铁上，等那装着几份晚报、没有什么分量的公文包搁到了大腿上的时候，他才意识到究竟发生了什么。他心中暗自咒骂："真是个傻瓜。"他的怒气既是针对他们的，也是针对自己的。从此，他很讨厌那个打字员小姐，好在没过多久她就辞职离开了。

办公室无法成为避难所，他便转向家中找寻，这使他每天的离家和返家从实质上来说都是一种撤退。有一天，他终于发现自己已经适应了新的生活，每天一打开前院的门，他就预期看到穿戴比以前齐整的米林顿小姐，在玛格丽特的示意下打开屋门。此时玛格丽特应该站在对着大门的窗口前，然后走过来迎接他的到来，给他一个拥抱，在这个过程中她脸颊上新搽的粉会有些许落到他的脸颊上。她每个下午都精心穿戴好等他回来，就像上午再三打扮后送他出门一样。

邻居们还是在偷窥，特别是他傍晚回家受到迎接的这一幕。好像是为了让自己保持镇定，他慢慢养成了看到自家房子就开始吹口哨的习惯。一天吻他的时候，玛格丽特说："你吹得不错，理查德。"他吹的是同一首小曲，歌词是："有只小狗要被卖了。那只趴在窗台上的小狗崽会卖多少钱呢？"他每天晚上都吹。就这样，他的昵称变成了"狗崽"，偶尔，她也会变成他口中的"狗崽"。

但是，在和他的树交流的过程中，他忍不住用它的安宁和他的忧烦作比对。过不了多久它的树叶就要掉了，但这只是为了生长出新的树叶，获得新的力量。对他来说，人生的责任来得太晚。多年的生活习惯被打破，他最多也就是去适应这种改变，无法因此获得重生。所以窗外的树对他不再构成一种宽慰。它像是在谴责他。

这个夏天，那个"雄性男"特别忙碌，因为他在搭建一个外屋。斯通先生比以前更狂热地期望发生什么意外，使这个男人不再无休止地翻建自己的宅院，不再因此获得他老老小小一家子无保留的仰慕目光。

他，也是个男人。每天早晨，他勇敢地闯入残酷的职场。现在，他开始发现玛格丽特恪守女人的职责。她非常认真地对待她作为女人和妻子的角色与职责。这些职责包括让他吃好，穿好，陪他说笑，鼓励他，偶尔勾引他，以及永不让他感到失望。每个早晨在费尽心力送他上班之后，她都得歇着以恢复体力；每个下午她同样得歇息着，然后开始为迎接他的归来做准备。她很在意晚上是否能睡个好觉，不希望自己早上形容憔悴吓他一跳。她涂很多化妆品，吃很多滋补皮肤的食物。但他一点儿也不为此感激，并拒绝去注意这些事情。他开始觉得她散漫，懒惰，爱慕虚荣。想到她加之于他的责任，想到他们在一起的第一个晚上她把毯子拉到脖子处的样子，他无法抑制地觉得在他们两个人的角色分配中，她得到了好的那份。

这种对于他们作为男人和女人分工不同的强调，总是让他感到恼火。他很希望她能够接手照管花园，让他从中解脱，她却不愿意这样做。不但是因为她不喜欢园艺——婚前她关于花的那一番言论确实不虚——更因为她觉得男人需要有样爱好，而园艺非常适合斯通先生，因为他没有什么其他的专长。每天两次（周日三次），他和她面对面坐在饭桌的两端的时刻，让他最能感到压力，结婚前他可没有想到会有这样的压力。她，食物的烹饪者，不停地向他道歉说饭菜上晚了，并且她胃口很好。他可以看出她抹了粉，粉粘在脸颊的汗毛上。进餐过程中，她的唇膏变得油腻，然后变淡，晕染到本没有涂唇膏的地方。在饭桌上想到她的无所事事，为了取悦他而花那么多时间打扮自己，他很害怕他会因此说出什么难听的话来。但是，他们之间发生的第一次争吵，却别有起因，一个荒唐的起因。

～

虽然斯通先生并不情愿，但他们还是依玛格丽特的建议举办了一次晚宴。这个晚宴在很大程度上是汤姆林森家的复制品。尽管玛格丽特热情高涨地去布置，但对于这栋被主人忽视了多年、长久失修的房子来说，她热情的补救实在是杯水车薪，所以无可避免地，这个宴会显得比汤姆林森家的寒酸些。汤姆林森夫妻也来了，带着恩赐的态度，行为举止中表明他们把自己当作了这桩婚姻的缔造者。来宾包括玛格丽特的各路朋友，有的是她在汤姆林森家认识的，有一两个是伯爵府那个旅馆里的朋友。（他对她真是知之甚少啊！）其中有个高个子、体形硕大、四五十岁的女人，面无表情，毫无吸引力可言。她不说话，也没有人注意她，但是她拘谨地端坐在指定的位子上，显得很满足的样子。

宴会前，斯通先生被要求请一些同事来参加。但他一个合适的人也想不出来。伊文斯、基南、威尔金森，他们都不太合适。伊文斯勉强还行，但是如果他接受了邀请，多半会认为是在帮斯通先生的忙。斯通先生和同事只有工作上的关系，相互间非常友好，但仅限于此。由于他多年来的单身状态，任何上门拜访都被视为对私生活的侵犯，是更适合年轻人的交往方式。斯通先生也不喜欢在办公室以外的场所和同事们打交道。刚碰头的时候还能热热闹闹地打招呼，显得大家挺有共同兴趣和话题的样子，但在讲完了办公室里最近的笑料之后，谈话渐渐寥落起来，也没有新的话题跟上，直到有人欢快地提议说："好吧，我们办公室见。"这种人际关系只有在办公室才能得以维持，它们就像温室的植物，需要人造环境的保护才能得以存活。

所以斯通先生方面请来的客人就只有奥莉薇和格温。他寡不敌众，就连米林顿小姐也不能算他的人。她戴着发套，系着围巾，在玛格丽特的指挥下，喘着粗气，冒着冷汗，已经疯狂地忙了一整天。宴会开始前，玛格丽特让她穿上了新的围裙，戴了新的帽子，这使她兴奋得吁气。那帽子在她的眉毛上方往后倾斜，让她那张上了年纪的娃娃脸显出了一点活泼。斯通先生也不能把格温算作他的人。这个一脸病态、长着青春痘、阴郁的胖姑娘，似乎要向每个人传达她的不耐烦。丈夫和主人这两个新角色已经让斯通先生觉得难以应付了，看到格温的样子，他更是心神不安。

在葡萄酒的问题上——"我认为有一瓶好的博若莱①就可以了。"玛格丽特说。在他表示对这个问题没有兴趣参与之后，她就越俎代庖地替他下了决定。因为有酒，就有了祝酒。但是不多，因为只准备了一瓶博若莱，所以每个客人的杯里都只倒了一小点，好像是倒烈性酒那样，这也是汤姆林森家请客的规矩。然后，还是按照汤姆林森家的规矩，男士和女士分开谈话。这项性别隔离政策是由玛格丽特来实施的，她成功而满足地把所有的女士从餐室带走，留下沉默中的斯通先生、汤姆林森和另一位男士（宴会上的性别比例非常不平衡，大多数来客是寡妇）。斯通先生不知道说什么好，汤姆林森看起来有些恼火，正清着嗓子，另一位男士（一个会计师，首席会计师）想要张口讲话，但在长久的沉默之后喉咙里只发出了尖尖的、清嗓子的声音。

汤姆林森终于开口说："你们的晚宴非常好。"他的语气里带着褒奖和鼓励。

---

① 博若莱（Beaujolais），葡萄酒的一种，产于法国。

那个首席会计师连忙接口："是的，非常好。"

他们听着女人聚集的地方传来的响动和嘈杂的交谈声。玛格丽特的声音深沉，格蕾丝讲起话来拖着长长的尾音。餐室里没有可以喝的东西（汤姆林森家里也没有）。在此之前的一次圣诞晚宴上，汤姆林森曾经讲过一个黄色笑话。每个人都尽责地洗耳恭听，露出微笑，甚至准备好了笑声，好让屋外的人也能听到。但汤姆林森讲这个笑话的时候太过精确了，什么时候该停顿，什么时候该面露微笑，事先都算计好了，与之唱反调的是他那痛苦的瘦脸上满是不喜欢这个笑话的神情，所以大家完全没有抓住这个笑话的笑点。他讲完的时候，没有人知道他已经讲完了，所以没有人笑，每个人都显得非常尴尬，还有些瞠目结舌，因为没有了笑点，这个笑话就完全是个下流的段子。自此以后，汤姆林森就放弃了在这种场合娱乐大家的念头。所以他们都呆坐着，等待着。

斯通先生说："我想我们现在可以出去了。"他不愿意使用"可以加入女士们的行列"这样的表述，觉得自己无法像汤姆林森那样随意、毫不犹豫地应付这样的场面。

汤姆林森回答道："再等等吧。"好像他的权威受到了挑战。

而这一刻，里面房间传来了抽水马桶的声音，似乎是在响应汤姆林森的话。

他们终于走出餐室的时候，玛格丽特迎上前来，说："你们这些男人刚才在笑什么呀？"

他们在虎皮周围坐下，好像在参与某种形式的战斗。对于在场的人拿婚姻来开玩笑，斯通先生表面看起来浑不在意的样子，内心却甚为恼怒，特别是格蕾丝·汤姆林森说："我看出来了，玛格丽特，你已经把他调教得很好了。"他气得眉头都皱了起来。

　　宴会上的娱乐形式也和汤姆林森家的一样。有唱歌，而且像在汤姆林森家那样，女客要唱得动听，听者则要热烈地鼓掌。偶尔，非常偶尔的情况下，会邀请某个著名的女滑稽演员参加。在这种场合下，男人们按规矩应该把自己扮成小丑，随心所欲，表现出在职场上无法表现的一面，由此在他们的伴侣和朋友面前获得心灵的放松，展现出他们性格中外部世界无法获知的或温厚、或孩子气的一面。所以他要做出各种滑稽的举动，把西装的领子弄乱，把头发放下来遮住额头，卷起一条裤腿，还和另外两个可怜的男人一起唱一首小曲。

　　此后，玛格丽特建议格温给大家朗诵些"好听的"。出乎斯通先生的意料，格温立即站了起来，走到虎皮的中央，后背的裙子蓬起处在身体的重压下变得皱巴巴的。她选取了喜剧《不可儿戏》①中的一段。她操着深沉的嗓音，但没有扮演戏中的男性角色，而是模仿一个著名女演员扮演的女性角色。斯通先生惊讶地看着她的表演——在此之前他觉得格温什么事情都做不成。她阴郁的表情不见了，取而代之的是一种茫然的神色，好

---

① 《不可儿戏》（*The Importance of Being Earnest*），19 世纪爱尔兰剧作家王尔德的一部讽刺风俗喜剧。

像她已经不在这个房间里。在全神贯注的状态下，她表演了剧中的一段，其间还一人分饰数个角色，用头部的忽然晃动来表示角色的转换。她没有一处忘词，也没在表演中失去镇静。在压低了嗓子说"在手提包里"这句台词的时候，因为把声音压得太低，以至于"手"这个词听起来像是喉咙间发出的干吼。众人都对这个表演露出赞赏的神色，斯通先生也深有同感。

这时候他突然想起格温模仿的那个女演员也是玛格丽特模仿过的，而且他们的这个圈子都知道、并且已经接受了玛格丽特的这个"专长"，所以现在格温选了这位女演员来模仿或许不太妥当。他瞟了一眼玛格丽特，发现她确实有些不太受用——鼻子和嘴巴间的法令纹加深了，嘴唇在假牙外面绷得紧紧的。他内心充满了对她的同情。但是格温结束表演的时候，玛格丽特带头鼓掌，并喊道："好啊！好啊！"

格温向大家鞠了个躬，显得训练有素，但是她的眼睛里似乎没有任何人。然后出乎所有人的意料，她又开始了第二段表演，这次是《威尼斯商人》中法庭上的那一出。这次的表演没有上一段成功。先前的表演中，她的朗诵抑扬顿挫，而此段的表演却像是日常说话。斯通先生几乎没有听出鲍西娅的那段话。在转了一下头，示意下面一段话来自另一个角色之后，格温开始模仿夏洛克，一个带着犹太口音的夏洛克。

斯通先生意识到这个表演有点问题，他看看周围，然后从每个人的表情中发现了自己的担忧是对的。格蕾丝·汤姆林森的嘴唇平时是略微张开的，但此时她抿得紧紧的。汤姆林森则板着一张脸。玛格丽特的眼里绝对充满了怒气。每个人都偷偷地瞄了几眼那个首席会计师，因为他的眼睛一刻不离地盯着格温看。

表演在继续，只有为女儿感到骄傲的母亲奥莉薇没有注意到现场其他观众的不满和气氛的尴尬。

表演结束。格温鞠了一躬，也不等观众的掌声便径自走回座位。她拉了拉身后的裙子，然后坐下，低头看着自己的大腿，好像很恼怒的样子，仿佛一个羞怯的人被迫抛头露面。房间里只有大家挪动身体，带动衣服摩擦的窸窣声。

玛格丽特冷冷地说："班克斯小姐，你带了乐谱吗？"

班克斯小姐就是那个脸上没有什么表情的高个子女人。没有人注意过她，但整个晚上她都显得独享其乐，很满足的样子。在餐桌上，她是个沉默的不停进食的食客。她并不作答，只是从一个非常大的袋子里拿出乐谱，站起，然后在钢琴前坐下，开始演奏。

$\infty$

在无人说话的情况下——班克斯小姐的演奏受到了空前的关注——斯通先生有足够的时间来思考。他想到班克斯小姐，也想到自己的房子。发生了多么大的变化啊！他的邻居们现在可以听到从他的房子里传出的钢琴声。但从外部来看，他的房子一切照旧。所以，那么多房子的大门内发生过多少奇怪的事情啊！有时候在地铁上，他会让自己的思绪飞离列车、坐椅、乘客，看到自己坐在离地面四到五英尺的高空，以每小时四十码的速度飞行。此刻，他有了另一种想象，在他的想象中，这个城市不再有砖头、水泥墙、木材和金属，不再有任何建筑，所有的人都在空中飘浮起来，上下分层，前后左右，做出人类特有的形形色色的举动。他突然有所领悟，但这个念头非常令人不安，需要更长久地思考：那些所谓稳固的、不变的、永恒的的世界，那些人类执着的东西（"老怪物"浇灌春天的花朵，"雄性男"修整扩建宅所），虽然给人以宽慰，但不过是一种假象而已。所有那些和肉体无关的东西对人类来说都是不重要的，没有什么意义的；而重要的肉体是软弱的，会腐朽的。

❧

举办晚宴后第二个星期，发生了一个荒唐的小插曲。每隔四星期左右，奥莉薇会给斯通先生送一个自己亲手烤制的水果蛋糕。这个习惯在奥莉薇结婚和格温出生之后都没有改变。斯通先生也很高兴地看到自己的婚姻并没有让这一习惯止步，玛格丽特虽然可能不喜欢这样的举动——因为这等于在提醒她，丈夫生命中还有其他的女人——但每次她还是妥协地装出开开心心的样子，接受切蛋糕的任务。

但这个晚上，蛋糕切开了，咖啡准备好了，他们两个坐在电火炉前，玛格丽特做出了奇怪的举动。她将一大块蛋糕叉在刀子上，然后放到火上烤。

斯通先生喊了起来："你会触电的！"

那块重油蛋糕已经被电触到。玛格丽特赶紧甩掉蛋糕，蛋糕落到电火炉的罩子上，像是上好的燃料一般继续燃烧，甚至在完全变成焦炭之后，蛋糕渗出来的油脂让它周围的金属罩子也被火烧得焦黑。

玛格丽特盯着那燃烧的蛋糕，若有所思地说："在印度，他们在煮饭和开饭前，常常把食物这样一小块一小块地扔进火里。"

斯通先生愤怒了。他先是像平时那样把盘子轻轻放下，但在盘子落到桌面的最后一刹那改变了主意，将盘子重重扔到桌上，然后站起来走向门口，途中还踢了那虎皮的头部一脚，差点被绊倒。

"狗崽！"

他拉开门，停住，对她说："我……我根本不相信你去过印度。"

"狗崽！"

他把自己关在"书房"里，那是过去的杂物间，玛格丽特来之后塞进了一些她自己的家具，将其改造成一个他能够一个人待着的地方。玛格丽特在外面敲门，喊他的名字，哄他出来，他不为所动，独自坐在黑暗中回忆着过去、奥莉薇、他、童年。

他又看到了十七岁的自己，在一个冬日里独自从学校出来，走在高街上，两旁都是商铺。他准备回家，却不知道家里等待他的是什么。他已经无从分辨他脑海中的这个景象是真的，还是自己想象出来的；他也无法解释为什么会记着这段回家的路。但每当他试图回忆童年的美好时光时，这画面就浮现出来了。这个男孩还不知道他将来的生活是波澜不惊的，一年一年平静如流水。斯通先生怜悯他，为他心痛。

怒火终于过去。时间已经不早了，而且他快要冻僵了。但他还是在书房里坚持到了十点之后。然后，他下楼到了客厅，什么都没解释。玛格丽特也没有说话。她坐在那里读一本图书馆借来的书。他继续保持沉默。他又走上楼，走进卫生间。他先洗漱已经成了两人之间的习惯。还有一个习惯就是他会在那里抽上一会儿烟斗——玛格丽特说烟雾能让卫生间暖和点，而且她喜欢烟草的味道。所以在离开卫生间前，用力地吐出四五口烟雾已经成为他的又一个习惯。但是因为他们的争吵，这个晚上他没有这么做。

从卧室里他能听到她在卫生间里的动静。等她进来的时候，他已经在被子里躺下了，一动不动。她没有开灯，设置好第二天早上的闹钟，然后上床。

他听到她的呼唤时已经快要睡着了。

"狗崽。"

他没有回答。

几分钟后她再度开口。

"狗崽。"

他喉咙里发出哼的一声。

"狗崽，你让我很生气。"

这话让他几乎再次发作。但疲倦的他没有作答。

她开始啜泣。

"狗崽，我现在想吃你的蛋糕了。"

"那你干吗不去吃那该死的东西呢？"

她啜泣得更厉害了。

"能不能和我一起去呢，狗崽？"

"不。"

"就一小块，狗崽。"

"我的天！"他说着，推开身上的被子。

她坐了起来。

他们先后去了卫生间，带上假牙，然后下楼到起居室。从冷冷的卧室里出来，起居室里炉火的余温让人感觉几乎有点闷热。他们在沉默中吃了不少奥莉薇做的蛋糕。

然后他们重新上楼，取下假牙，上床，两个人还是没有说话。

现在他已经完全醒了。

"狗崽。"她叫他。

"狗崽。"

两个人无法一下子入睡，都担忧地想着会不会消化不良。

奥莉薇还是继续送蛋糕来。但斯通先生知道他和妹妹的亲近关系已经属于过去。

∽

就这样一步一步，斯通先生成了一个已婚男士；一步一步，婚姻在他身上长成。玛格丽特的个性中有一种柔韧可塑的东西，因而缩短了他熟悉她、习惯她的时间，整个过程也毫不痛苦。他是他们两个人关系的重心；她完全按照他的习惯来改造自己，让他觉得妥帖舒服。所以当他看到她和她的朋友在一起的时候，才能够想起来她也有自己的个性、观点和态度。刚开始的时候，他把玛格丽特看成是米林顿小姐的附属品，现在他把她们两个都看作是他的附属品。他还意识到一件事情，这事情一开始连他自己都不愿意承认，现在想到时却越来越满足：早晨他离开家后这个家就停止了运转，下午进入迎接他回家的状态时才重新启动。

他的习惯慢慢变成了仪式，这些仪式连他都开始觉得是神圣不可侵犯的。他让自己喜欢上了园艺，那种玛格丽特希望他喜欢上的园艺，他对花圃和球茎的关注被玛格丽特和米林顿小姐视为一桩神圣的事情，并甘心情愿地充当侍从。（过去米林顿小姐对花园的关注只限于给泥土撒驱猫胡椒粉，而且是无节制地、浪费地将其全部铺满的那种撒法。至于是否开花，她并不关心，如果开了花，她可能会赞美上几句。）他"喜好园艺"就这么成了事实。玛格丽特还曾试图让他成为"乡间问答"和"在花园里"这两档广播节目的忠实听众，她是这么说的："狗崽，这节目挺适合你的。"但在这件事情上他很有原则地拒绝了。后来他是这么安慰她的——他反复地说那些谈论园艺的人都带着乡下口音，他们都住在梅菲尔区，他们的经验最多也就是来自养在窗台上的几盆花而已。这些都是他从办公室听来的。他的言谈成了"老爷说的"——过去他的话从来没有得到过"老爷说的"的待遇。

还有一桩被两个妇人认定的事实，就是隔壁的那只黑猫是他的敌人。她们俩的甜蜜阴谋就是不能让她们的主人接触这个动物，看到它的劣迹。整个下午她们留意着它的踪迹，如果有被它践踏过的花圃，她们一定会赶紧修补好，这样不至于让主人回来看见生气。她们不知道她们做得过于成功了——因为这场和猫的战争已经和斯通先生无关，他对那只猫的敌意慢慢消退，心里还若有所失。

但在婚姻带来的平静下，一种对时间流逝的担心慢慢滋生出来。时间一晃而过，吞噬着他的生命。周日一个接一个来临：周日的广播，先是新闻，然后是"海岸和乡村"节目，或者"乡间十月"、"乡间十一月"，这些一月一播的节目好像每周都在播放，每个周日都让他觉得上个周日就在昨天。这些飞逝的星期让他离退休、无法动弹、肉体腐烂的日子越来越近。每一个井然有序的星期都让他想到失败，想到那些一度在他的脑海里从容舒坦、但现在想来已毫无激情的岁月。每个无法去办公室的周日都加剧了他的焦虑，让他渴望周一的到来，渴望工作日里那种倏忽而过的状态，尽管他知道那种充实其实是虚假的，他做的办公室日志，记录的每一次会议，需要做的每一桩事情，都只不过是为了让他觉得自己很忙、很重要。

那棵随着年岁成长、变化的树，每天都在证明这一点。星期天喝下午茶的时候，除了让精确、有条不紊、笃笃悠悠的动作给自己定心外，他有时候还会说："玛格丽特，你是我的一部分。真不知道没有你我该怎么办。"他说这话时表现出的真诚和感激，玛格丽特其实未必能够完全理解。

# 三

　　三月底，白色的嫩芽沐着阳光，从黑色的树枝上冒出来，一天比一天更显出绿意。斯通先生和玛格丽特离开伦敦两个星期。这是他的假期——他马上就不需要假期了——也是他们的蜜月旅行。他们去了康沃尔①。斯通先生不喜欢到国外度假，情愿在国内待着。战争结束后，他想过出国看看。一九四八年，他去了爱尔兰。但最享受的那段旅程，不过是搭乘从南安普敦到科夫②、可以在上面随意吃喝的美国豪华游轮。两年后，他又去巴黎玩了两个星期，待到对这个名城的新鲜感消失后，剩下的时间对他而言都是乏味的折磨。他像完成任务一般盲目地去

---

①康沃尔（Cornwall），英国南部的著名旅游胜地，周围有城堡、古镇和侏罗纪海岸线。
②科夫（Cobh），爱尔兰南部海港。

那些旅游景点，把自己搞得相当疲惫。事后他常常质疑自己何以跟着旅游书亦步亦趋，到诸如先贤祠①和荣军院②那样枯燥乏味的景点。他去了咖啡馆，但痛恨咖啡，而且无所事事地坐在一个不熟悉的环境里并不是一件让人愉悦的事情，那一杯杯咖啡小得实在是可怜；他尝试了餐前开胃酒，但觉得那是在浪费时间和金钱；他感到非常孤独；他的钱包被一个阿尔及利亚人随随便便就给偷了，小偷本人甚至还警告他下次要小心点；所有的东西都贵得恐怖；满街都是男女服务生站在店门口招呼着生意：“先生，请进，请进！”这让他对法国人有了新的认识，他觉得战争把轻浮、爱玩乐的法国人搞得挺悲哀的。在巴黎的最后两天他得了痢疾，除了喝点矿泉水，其他什么都不能吃。

所以他们决定去康沃尔。再过短短十八个月左右，斯通先生就要退休了。他们两个都已经敏感地意识到需要为未来的生活过得节俭一些，而且这个话题越来越频繁地出现在两个人的对话中，玛格丽特忍住了对此的失望。她告诉格蕾丝·汤姆林森，他们觉得是去好好了解一下自己国家的时候了，格蕾丝对此表示赞同。

他们住在彭赞斯的女皇酒店。春天还没有正式开始。酒店的工作人员告诉他们今年的天气异乎寻常的糟糕，好像是在宽

①先贤祠（The Panthéon），位于巴黎拉丁区，是纪念法国历史名人的圣殿。
②荣军院（The Invalides），位于巴黎第七区，是安置伤残军人的福利院。现今是多个博物馆的所在地。拿破仑·波拿巴的陵墓也建在这里。

慰他们：他们并没有做傻事——他们的一举一动在酒店里备受瞩目。

无论是在公共汽车上还是在马路上散步，斯通先生都觉得自己那件黑外套非常招摇。（辛普森牌的，买了有二十年了。他和汤姆林森很早就达成了一个共识：辛普森牌的衣服是值得多花一点儿钱的。就穿衣服而言，他常常从头到脚的都是这个牌子，这也曾是让他对生活感到满意的一个源泉。）在英国的其他地方，他或许不会感到他的黑外套那么显眼。但在此处的大自然景色中，他的黑大衣就成了软弱和笨拙的标志。这片土地上甚少有人类居住的痕迹。如果人类和大自然之间有角逐，在这里人类不是退出，而是被驱逐出了这场争斗，因为在这片遍布岩石的土地上，适者生存，它的存在似乎是在提醒人们大自然和人类的不和谐之处。

有一次，在一块光秃秃的石崖上，他们看到一只死狐狸，它的身体完好无损，没有受伤的痕迹。它侧身躺着好像在睡觉，棕色的毛在风中拂动。

星期天，他们去了契索斯特①。那段路非常难走，其中包括一条危险得能够让人丧命的石子下坡小路。风很凌厉，忽大忽小，阳光微弱，时有时无。等终于到了目的地，两个人都心情糟糕，没有兴趣再去参观凯尔特人的遗迹。他们靠着一堵矮

①契索斯特（Chysauster），位于康沃尔的一个史前时期村庄的遗迹。

小的石墙，在背风处坐下，斯通先生无心顾忌会不会弄脏外套。他们喝掉了随身带的茶，一路上这茶给他们添了不少分量和麻烦。太阳时不时露一下脸，但总是在他们暖和起来之前就又不见了。

之后，他们参观了石窟中原始人的居所。和那些洞穴相比，他们简直就是巨人。洞穴的石墙极其厚重，而洞穴本身则粗陋、狭小，人类用它除了挡风避雨，不知道还能干吗？！斯通先生想到了"老怪物"和她的浇水壶，修巢筑屋的"雄性男"：这些可都不是他们能够接受的居住环境。他进而想到了自己的辛普森外套。他想象着自己披着豹皮，拄着粗糙棍棒的样子。但他无法深想。这些洞穴太让人沮丧了。他想要赶紧离开。

他们原本打算乘公交车到圣伊弗斯，然后从那里再乘车返回彭赞斯。在宾馆房间里查看地图和公交时间表的时候，这样一条复杂的路线看起来似乎并不难行。但走回契索斯特就花了比预想中更多的时间，走着走着，他们就不知道自己身在何处了。玛格丽特声称自己毫无方向感，把找路的事情都留给了他。天刮着风，又没有什么太阳，他的心情越来越糟糕。

然后他们就看到了火。火势正从那片洞穴后面空旷干涸的土地上，带着白色的浓烟无声地朝他们逼近。

他们发现路上还有一个人。在他们的左侧方向上有一个非常高、非常壮的男人也在观察火情。他戴着深蓝色贝雷帽，穿一件破破烂烂的军装外套，纽扣没有扣上。他看起来像是个农庄工人，那张忧郁的长脸是深红色的，眼睛很小，粗糙的嘴唇嘟着。

斯通先生觉得他们得赶紧逃离这一带。

"去圣伊弗斯怎么走？"他问道。他发现自己在喊，好像不提高嗓门，他的声音就会被白色的烟雾吞没。

那个穿着军装的男人并不作答。他瞥了他们一眼，然后迈开长腿，加快步伐，似乎要甩掉他们。他翻过那道在洞穴群和土地之间的墙，沿着地面上一条白色的小路，径直往烟雾里走。

他们不想陷入完全孤单的境况，赶紧跟了上去，手忙脚乱地也翻过了那道墙。

那个男人在烟雾中不见了。

斯通先生心中一阵恐惧。

这时，他们看到那个男人停了下来，朝他们的方向转过身，然后再次消失在烟雾中。他们继续尝试跟上他。

他们听到了火苗低沉而持续的噼啪声。烟雾将他们包围。他们看不到泥土，不知身处何方。他完全不知所措，不知道接下来该怎么办。

"狗崽。"玛格丽特的哭喊让他重新回到了现实，感到了害怕，他作出了决断。他们跑回那堵墙边，逃离火势和烟雾的范围，回到干净的空气中，看到岩石、土地和天空。

他们站在墙后，看着火势。火一直蔓延到墙边，但没有什么力道了，在他们眼皮子底下烧尽。烟雾飘散到空气中。然后就好像压根没有发生过什么火情，所有的一切都只是他们的幻觉。

直到开来了一辆莫里斯牌小轿车，他们才完全回到现实之中。斯通先生拦下车子询问该如何走到圣伊弗斯。开车的人说可以把他们俩直接带回彭赞斯。

上车之后他们又看到那个穿军装的男人，他站在离石穴不远的地方，凝神望着被火熏得略略发焦的泥土。他没有看他们。

回到宾馆，玛格丽特向前台服务生讲述了下午的遭遇，那个服务生像是宽慰她，说："啊，当然啦，康沃尔这个地方充满了传奇。"他的伯明翰口音把单词中"g"的尾音拉得特别长，像是钢琴踏板踩出的和弦。

斯通先生终归觉得，这个小插曲如果他们仔细探究，还是可以理性地被解释通的。但是那个虚幻的时刻，那种土地、生命和情感仿佛都已经不存在了的时刻，永远地留在他的心中。这是一次有关虚无、有关死亡的经历。

❧

斯通先生和玛格丽特决定不再去想康沃尔的传奇——那个前台服务员津津有味地告诉他们，他认识的一个人去了一次契索斯特，回来后房子就被烧了，幸而寒冷、多雨、阴晴难测的天气帮了忙。不过，在他们离开的前一天，天空开始放晴，下午他们决定出去走一走。他们沿着海岸线，顺着悬崖边的一条白色小路一路走去。小路有一部分落入了海里，这本是自然的事情，但毁坏的地方实在太多，让人觉得不可思议。天还是挺冷的，一路上他们遇到的人不超过六个，其中包括一位身着黑色大衣、一看就是城里来的男士，这让斯通先生有了些许安慰。正当他们感到有些吃力，想要坐下来吃些甜食的时候，他们看到一块设计简明的广告牌，说再往前走上五十码，就有一处喝茶的地方。

喝茶的地方和那广告牌一样简洁干净。每张桌子上都铺着干净的格子桌布，要么是红色的，要么是蓝色的，上面还都有一张干净的白色卡片，标明店家是奇切斯特小姐。奇切斯特小姐既是她的名字，也是店的名字。她人到中年，身材壮硕，胸脯丰满。她行动起来干脆利索，像是要让人知道自食其力是件光荣的事情；她讲起话来彬彬有礼而恰当得体；她的穿着和淡妆透露出她可能在守寡，经济状况也颇为窘迫，但她并没有放松对自己的要求。

店里只有一张桌子上有顾客，共三人，一男两女。那两个女的和奇切斯特小姐一样壮硕，但胖得不匀称，从腿、肤色到头发，从衣服、帽子到亮闪闪的新手袋，都很粗糙，让人觉得她们随意而且没什么教养。她们目光呆滞，镜框和装束完全不匹配；胖得像是发肿的手紧紧抓住放在大腿上的包，外套的最后几粒纽扣敞开着，更显露出大腿的粗胖。那男人干瘪瘦小，肩膀溜而窄，穿着一件硬邦邦的新花呢夹克衫。他稀疏的头发，耳旁助听器那乱糟糟的线和钢丝边的眼镜，给人一种岌岌可危的印象，就像他两片薄嘴唇间夹着的和他的脖子一样皱巴巴的手卷烟，早已没有了火光，被主人遗忘。他对刚走进来的玛格丽特和斯通先生没有表现出任何兴趣，仍旧盯着自己眼前的格子桌布。他坐在两个女人中间（如果一个是他的妻子，那么另一个呢？），那两个女人看起来像是他的看护者。

他们的沉默让玛格丽特和斯通先生也沉默下来，奇切斯特小姐为那三个人端上茶点的时候也没有能够打破他们的沉默。那个男人开始无声地扑向盘子、咖啡壶和奶罐，好像一直储存的精力就是为了这一刻的到来。他向精致的三明治、新鲜的司康饼和手工制的果酱发起了进攻。咽下的每一口食物似乎都给了他力量、勇气和胆识。他稀薄的头发随着身体倾向茶壶、蛋糕盘和果酱碗而四散飘摆，他的动作果断而充满了权威。那两个女看护人一开始还试图让他慢一点，但很快就彻底投降，满足于未入口的食物。但突然之间，他停下来不吃了。他的嘴唇包裹住牙齿动了几下，发出吞咽的声音，那盲目的热情不见了，变回了先前的沮丧。他茫然地直视前方。而他的守护者们，为了不让她们的午茶时间过早结束，断断续续地小口吃着面包和黄油，但好像没有什么胃口。整个过程中谁也没有说一句话。

在过去的一年中，斯通先生养成了观察年龄比他大的人的习惯。他曾试图抗拒这种习惯，因为在观察中，他发现只有女人、年幼的孩子和年长的男人才会如此热切地观察和审视自己的同类。但此刻他无法控制住自己，在凝视中他感到了恐惧和满足。他发现随着那个男人变得越来越狂乱，自己的动作缓慢到夸张的地步。

他们的茶也被端了上来，可以开始用午茶了。试图打破静寂的斯通先生低语了几句，但发现他的低语如同响亮的枪声。于是复又陷入了沉默。房间里只有厨房方向传来的锅碗瓢盆声和奇切斯特小姐的脚步声。

猛然间房门被推开，一下子驱散了屋内的沉寂。进来的是一个肤色白皙的高个子男人，和一个肤色同样白皙的小个子姑娘。那男人穿着登山服，像是要去攀登喜马拉雅山，或至少是要去阿尔卑斯山远足。他背着登山用的帆布背包和绳子，厚重的裤子塞进羊毛袜子里，然后一起消失在那双巨大的、没有什么光泽的靴子里。那靴子的鞋底厚得惊人。他强壮的身躯在进门后放东西时制造出来的动静，足足抵得上两到三个人能制造出的声响。那姑娘温顺而安静，宽松长裤的口袋里乱七八糟地塞了很多东西，使她本人显得更为柔弱。她淡蓝色的丝巾也起到同样的效果。她穿着的浅色外套、奶黄色的雨衣和那双淡棕色鞋子的式样，表明了她来自欧洲大陆。

那登山者在桌边坐下，厚布裤子下的膝盖擦着桌布，他的身胚使桌子和桌上的花瓶陡然变小。他向屋内众人打了个招呼，鞠了个躬。他的英语不错，只略带一点外国人的口音。

那个老头和他的女看护点头回应。斯通先生的眉毛耷拉下来，像是受了惊吓。玛格丽特几乎不为所动，继续蘸着果酱吃司康饼。

那个登山者的气场吸引住了整个房间里的人。他讲起话来不需要别人接口，自然地就能持续下去——别人就算保持沉默也毫无关系。他说他是荷兰人；在他的国家里没有山脉；康沃尔的自然风光真是太美了，无法用语言形容。所有这些，这个荷兰人都是用完美标准的英语说的。他时不时会用荷兰语对那个沉默的、披着头巾的同伴讲上几句，这让他的英语水平更显出色。

他并不要求别人回应，但那个老头和他的看护越来越被他的讲话吸引。从点头到"嗯哈"表示赞同，他们进而赞扬他的英语说得不错。这些交流那个荷兰人都翻译给同伴听。那个女孩害羞地抬起眼睛，好像是自己受到表扬一般。

"那么，那么……"那个老头开口道，皱巴巴的香烟依然夹在唇间，"那么……你是来度假的？"他的声音单薄，听起来古怪且刺耳。

荷兰人回答说："两个星期的假期。"

老头咂吧着香烟："我……我上个星期五退休了。"

荷兰人把他的话翻译成荷兰语，解释给同伴听。

"为一家公司工作了四十年。"老头说，言语中没有丝毫喜悦的成分。

他的两个看护瞥眼看着玛格丽特和斯通先生，似乎是提醒他们注意刚才的话。

玛格丽特咽下一口蛋糕，说："四十年，那不错嘛。"

"真的非常不错。"荷兰人接口道。

这一刻那两个看护露出了大大的笑容。

一个人说："给他们看看，弗雷德。"

弗雷德脸上的表情一如先前般沮丧，嗓音同样的刺耳，他说："星期五的时候，他们为我办了一个派对，给了我这个。"他显得有些哽咽，停顿了一下，咽了口口水，然后补充道："为了表示敬意，他们给了我这个。"他一只手伸到马甲口袋里，掏出一块表来。

看护人中的一个将那块表递给荷兰人。

"四十年。"弗雷德说。

"真的非常不错。"荷兰人回答，然后又用荷兰语说了一遍。

他的同伴抬起头，涨红着脸，微笑地看着弗雷德。

那个看护接过手表，转而递给玛格丽特。

"这真……是……不错呀。"玛格丽特说着，目光先落在手表上，然后又转向弗雷德，像是在哄一个孩子般，"这真是不错，对不对，理查德？"

"非常不错。"

"他们星期五给我的，"弗雷德说，"星期五退休……"

一个看护带着胜利者般的口吻打断他说："星期六我们就把

他带到这里来了。"

弗雷德现在完全放松下来。他把表又递给斯通先生："读读上面的字。在背面。这礼物是个惊喜。当然，他们在背后偷偷讨论了很多时候……"

"非常不错。"斯通先生回答，手伸着拿表。

"给她看看。"弗雷德指挥道，示意斯通先生把表再递给玛格丽特，"我跟他们说了，最后一天又怎么样呢。最后一天与平时也没有什么两样。最后一天只是……"

"非常好。"玛格丽特插嘴道。

"我能看看吗？"荷兰人一边伸出手，一边问。

"我又不需要什么勋章。那都是现在的年轻人想要的东西。追求勋章。年轻人来找我，问我要钥匙，我说，'伙计，拿去吧。我不需要什么勋章。'"

∽

注意到斯通先生在回去的路上有些闷闷不乐的样子，玛格丽特说："别担心，狗崽，我也会给你买块手表的。"

他们已经开始拿退休这件事情打趣了，好像那是他们尚存的一点儿幽默感。但她看到他的表情丝毫没有改变，肩膀微微地挪离开她，默不作答。她知道他恼了，也就不再说话，默默地看着窗外。

他的恼怒要比她想象的深。在他看来，茶室中的那一幕是荒诞不经的，茶室中的那两个男人，登山者和那个老鼠般的老头，都是小丑。不单是这样，他当时突然萌发对所有女人的憎恶。奇切斯特小姐，就算她很苦恼，就算她守了寡，她那穿了胸衣、胖胖壮壮的样子还是很讨厌。那两个看护自得自满的样子令人恶心。而那个穿着浅色衣服、时不时脸红、不说话的小哑巴是他最为痛恨的。这个充当花瓶点缀的女孩子肯定会变成一个寄生虫；那个现在照顾她的人注定会变成被照顾的，说话都得听她的，做什么也都得听她的。

一天二十四小时，连续两个星期，除了分别去卫生间的时间，他和玛格丽特分秒不离。这是一种全新的、令人不安的经历。在茶室里他这种备受困扰的状态到达了顶峰，玛格丽特那句玩笑话（"我也会给你买块手表的。"）的语气似乎是大人在哄孩子，虽然在当时的情景下也没有什么不可以（在观察到了生活的荒谬之处后），但这话触发了他对她所有的憎恶。

他们的车在越来越暗的乡间公路上行驶，窗外的黑暗中似乎隐藏着某种威胁。他意识到自己对女人和婚姻的这些想法是对她的背叛。她一点儿也不胖，也不像寄生虫般靠他生活，但是她的爱和关切，让他感到蒙羞，感到窒息。

他们的静默与赌气，并没有因为到达宾馆而终止。前台的服务生带着满足感注意到这一点。

到晚上，这一天快结束的时候，她静默的存在变成了他的安慰，虽然白天在茶室的时候，他还希望她是不存在的。躺在床上，他又回想起那在白色的烟雾中虚幻的一幕，那失去了现实感的一幕，他的恐惧还是那么的真实。他开口道："狗崽。"

"狗崽。"

她的语气中已然没有了任何强硬的态度。他能感觉到她哭过了。

# 四

就是在那个晚上，斯通先生想到"骑士伙伴"计划。这个名字当然是后来才有的，是年轻的公关经理温珀想出来的。主意是他躺在床上的时候突然想到的，而且一来就是一个完整的计划，让他自己都感到奇怪的是，到第二天早上他还记得清清楚楚。在去伦敦市中心上班的时候，他在脑海里把细节过了一遍，没有添加任何新的东西。他心里有一种焦灼的喜悦，害怕自己的创意会以某种方式离他而去。

一回到家，他就宣布要去书房"工作"。家中的两个妇人期待这样的时刻其实已经很久了，她们赶紧为他准备好他需要的东西。玛格丽特同时也松了口气，因为她看出这天他一直沉默不语并非心情不佳所致。她为他调好了阅读灯，削尖了铅笔，还主动为他泡了一壶热茶。一开始她还有点不愿离开，但注意到斯通先生的不耐烦之后，她给米林顿小姐下了指示，说主人现在在工作，不愿意受到任何人的打搅。接到指令，米林顿小姐抿紧了嘴唇，并试图踮起脚尖走路。因为黑色的长裙遮住了脚，所以看不出她到底是否成功。但她坚持着，说话也变成了耳语，可惜那粗哑的咆哮其实比她平时喘着气说话的声音传得还要远。

此时在书房里，一束灯光打在铺着呢子面料的书桌（玛格丽特的家具）上，斯通先生奋笔疾书，铅笔的笔芯擦着脆生生的白纸，发出沙沙的声音。

那天晚上他工作到很晚。第二天他从办公室回到家后，径直走进书房，还是说要工作。就这样持续了一个多星期。写，写了改，改了再写。他一点儿都没有感到疲劳。他的字迹慢慢变了。原来工整的笔迹现在变得潦草而难以辨认，有些字母的拐弯部分好像是故意写得很不优雅，但是显得更耐看、权威，甚至是均衡的。每行字都写得笔直，纸边的留白处齐整地空出来。柔软的铅笔头擦着纸张，圈出错误的地方，然后拉一个圆圈到空白处修正。每页都是这样，翻看起来赏心悦目。

就这样，斯通先生完成了写作。尽管他晚上有时候还去书房，但是已经没有什么可做的了。在将稿件誊写清楚之后，有一天早上，斯通先生将稿子塞进公文包（这个公文包终于真正派上了用场），从家里带到办公室。他央求一个打字员小姐帮他把稿件录入并打印出来。两三天后，拿到打印在厚厚的、带伊斯卡尔公司字样的信纸上的稿件，他再次为它的完美和必然而感动。但他又感到羞怯。他没有把这份东西交给顶头上司，因为觉得自己不擅自我吹捧，所以情愿把它寄给不认识他的人。因此，他没有遵从公司的流程规定，几天后将这份东西附上一封介绍信，通过公司内部的邮寄系统直接寄给了哈里爵士，伊斯卡尔公司的总裁。

他感到精疲力竭，悲伤而且空虚。下班后，他要么到花园里去干点活，要么看电视或报纸：他的夜晚一片空白。

他没期望发生什么事情，但如果发生什么了，他也不会感到奇怪。会计部的基南是个消息灵通人士，喜欢把众所周知的事情搞得神神秘秘的。一天他到图书室来找他，夸张地踮起脚尖走到他办公桌前，小声地说："斯通啊，我听说总裁办公室要找你去谈谈。"

基南没有多说什么，但很明显，他觉得斯通先生肯定是犯了什么错。基南留着微微上翘的胡子，一口牙齿小而整齐，眼神熠熠，戴的眼镜掉了一只脚（那是他存心让自己显得不修边幅）。他爱穿宽松的裤子，包裹住两条瘦长、绕着膝盖抽动的腿。

很快这消息就传遍了办公室。总裁办公室要找斯通先生谈话！好像斯通先生犯下了可怕的错误，部门无法处置才交给总裁办公室，因此他才会被召到总裁办公室谈话。这种待遇以前只有部门的负责人才有。

斯通先生知道办公室里的议论，看到大家异样的眼光。他装出无所谓的样子，知道他们会觉得他很大胆。这情形让他有种似曾相识的古怪感觉。然后他想起了在康沃尔茶室遇到的那个老头。"当然，他们在背后偷偷讨论了很多时候——我跟他们说了，最后一天又怎么样呢？"这个念头让他非常不安。那种似曾相识的感觉越来越浓烈。整个上午做的事情好像以前都经历过。

直到上午快要过去，他走过伊文斯敞开的办公室门口的时候，他才意识到那熟悉的感觉源自何处。伊文斯曾在英国皇家空军服役，虽然他自己从来不提这段往事，但别人谈起他时总挂在口边。他爱穿藏青色的双排扣西装，虽然个子矮小，步伐倒也轻快利落，伴着皮鞋落地的声音，有一种军队的干练劲。在人们的印象中，他是个严肃而忙碌的重要人物。大家对他并不是很信任，就算他有时候会和"小伙子们"混混，但总把自己当成"小伙子们的头领"以及办公室里的督导。他会拿上司和公司开玩笑，但他的玩笑话细究起来，尽是些无伤大雅之词，不过这些话有时会让一些年轻人忘乎所以，导致出格的言行。斯通先生走过他敞着门的办公室的时候，发现自己拿着一叠无用的文件。这么做是个习惯，习惯让自己看起来忙碌些。斯通先生离开图书室的时候总要拿些文件在手上。在那个早上，他想到所有过去的日子里，那些文件都是无意义的，他还意识到在办公桌旁皱着眉头的伊文斯，看他的眼光和平常的不同，是带着敬畏的，那天早上每个人都带着敬畏的眼光看着他。他终于恍然大悟，这个早上发生的一切何以感觉那么熟悉。因为他体会到的，正是想象中他坐在扶手椅上从众人头顶平静地飞过，而办公室里的人都瞠目结舌地看着他的那种感觉。

所以，他刻意让自己显得更为平静。直到坐在回家的地铁上，公文包搁上大腿，他才感觉放松下来。他凹陷的眼眶周围的小皱纹里好像写着幽默。他的嘴唇略略上弯，自然地微笑着。这是一个疲倦的、无所谓了的老办公室职员，他的眼光落在一个保险广告上，但又全然没有看见那个广告。

那天晚饭之后，在他装烟斗、玛格丽特织毛衣的时候，因为实在索然乏味（灯光很昏暗，玛格丽特特别不喜欢强光），他开口说道："他们要我去总裁办公室一趟。"

玛格丽特完全不理解这话背后的意义，所以只是简单回答道："很好呀，狗崽。"

他陷入了沉默。她没有注意到这一点，所以这沉默不同于他们赌气时的那种。不过，他就此下决心不再对她多说什么。

∽

老哈里——不熟悉他的人是这么称呼他的，而那些能和他说得上话，并以此为荣的人则称他为哈里爵士——是个让人敬畏的人物。那些做妻子的知道，像斯通先生、汤姆林森和汤姆林森的朋友们这类人，在人前都是一副让人望而生畏的面孔，私底下才会卸下在公众前的面具，而老哈里位高权重，已到了从心所欲的境界，在公众面前也不戴任何面具。他给《泰晤士报》写信，涉及的话题包括新衬衫上应该有的别针数量、火柴盒里火柴的数量，他还详论过灯具标准。虽然他没有参加第一届公交系统发起的、征询乘客意见的布谷鸟比赛，但是他为《十一号公交车手册》作出了重要的贡献，还在报上引发了一场关于公交车票的讨论。（"我购买到的是一张脏兮兮、卷了边的纸片，看上去、感觉上去，都不像是公共汽车票。尽管是个平常东西，但这毕竟是公共交通的一项凭证。这张纸片几乎不能像其他像模像样的票证那样，塞到帽带里保存。它太薄了，而且看上去完全不值得好好对待，所以大家很自然地会无所谓地把它捏成个纸团，或者，有些更有创造力的人，把它整齐地叠成一个迷你风琴。而当汽车检票员出现要你出示车票的时候，纸球或者手风琴总是会踪迹难觅。"）其实，公共交通这一领域已经成了他的专长，他因熟稔英国轨道交通而闻名，尤其是在伊斯卡尔公司内部。（大家都知道，有一次花园派对上他对孟席斯小姐说的话："这么说你住在斯特雷特姆？那就是火车总线分岔开往朴次茅斯的地方？"）老哈里写给《泰晤士报》的每一封信，连同"读者来信"这一栏目的其他内容，孟席斯小姐都会作为剪报剪下来，贴在一张薄薄的白纸上，供同事传阅。在这个栏目下，每一封来信者的名字都印得清清楚楚的。传阅回来的时候，那白纸上留下了各种各样人名的缩写，不同的字体、不同颜色的墨水和不同粗细的铅笔，蔚为壮观。多年累积下来，这些看似无关紧要的信，让老哈里变成了大家心目中一个值得敬畏的人物。每一封信的发表都让他显得更加难以接近。他偶尔称自己为"走四方的大众中的一员"，让人讶然。据传他有左派倾向，这让他的形象更加高大和无法接近。

所以当斯通先生准备出发去总裁办公室，去和老哈里面谈那无论是伊文斯还是其他同事一概无所知晓的事情的时候，周遭气氛肃然。他穿着他那套最好的辛普森牌西装，打着玛格丽特挑的领带，她只知道他要去见哈里爵士。斯通先生觉得自己像要去参加婚礼似的，这感觉在一个泪水汪汪的女打字员出现在图书室以后更加强烈。这个体形壮硕、穿着邋遢的年轻女打字员日常和同事们对话的主题，是公司拒绝将她列入房屋计划（事实上她和丈夫还拥有一辆私家车呢）。她这天早上很不顺利，被伊文斯批评了。斯通先生出发的时候她几乎是带着恼怒对他说："就是因为像你们这样的人，我们的日子才不好过。"

他完全没有留意她说了什么，沿着走廊的正中间走出办公室，而不是像过去那样为了躲避别人的注意走在走廊的边缘。他手里也没有拿任何文件。就这样，在这个工作日上午过去了一半的时候，他堂而皇之地离开了办公室。

那个下午斯通先生还没在图书室自己的座位上坐稳，基南就蹑手蹑脚地走了进来。

"老哈里说了什么？"基南的两个膝盖在抽动。他双手插在裤子口袋里，看起来像是在摸自己的私处。他在小声询问中想要传达的关切，被眼睛、嘴唇和胡子流露出的幸灾乐祸背叛了。

斯通先生回答说："哈里爵士和我讨论了我提议成立一个新部门的想法。"

斯通先生再次感受到坐在椅子上飞翔的快乐。基南惊呆了，无法相信他听到的回答。有那么几秒钟，他佝偻着身子，脸上的笑容僵住了。然后，他挺了挺身体，但手和膝盖僵直着，微笑变得空洞，然后消失，这两个男人之间的距离自此似乎再也无法弥合了。基南乐呵呵的劲头不见了，脸上那些原本透着幽默的皱纹，现在隐藏着焦虑和歇斯底里。站在穿着辛普森牌西装的斯通先生旁边，这个套在一条单薄又不成形的裤子里、脸上架着断了一条腿的眼镜的基南，显得凄苦可怜，而且平庸低劣。虽然他差不多马上恢复了平日那种停不下来的、乐呵呵的劲头，但先前那个时刻已经无法被抹去。

又一个人际关系发生了改变。斯通先生飞了起来。整个下午，剩下的一整周，他在办公室的走廊里走来走去的时候，都好像坐在椅子上飞翔。

当月月底，斯通先生被调至员工福利部。这个部门在一栋新楼里，新的办公室，所有的办公家具都是新购于希尔斯①的。这里没有了孟席斯小姐用衣服来标识每一天的情形。他的薪水涨到一万五千英镑一年。公司内部刊物报道了他调任的事情，但没有提及涨薪；报道中还附了一张他的照片。出版那天，他回到家，似是随意地拿出来给玛格丽特看："这里有关于我的报道。"（他的公文包里放着起码半打这期杂志。）

环绕着他的世界正在阳光的照耀下慢慢醒来，变绿。学校操场上的那棵树，枝干的颜色变得有些斑驳，然后开始冒出绿色的芽来。这不单单是季节变换的标志，更重要的是，他和他的树再次形成了一致，因为他也每天在生长，每天都有新的、有意思的事情要去做。在新的部门，他和年轻的、刚被任命为本部门公关经理的温珀就他的提案进行了长时间的讨论。温珀说他的提案很好，非常好。他因此感到很"激动"，但这个想法必须要"琢磨打造一番"。说到这几个词的时候，他像是有一种身体上的快感——那些词化为厚重的音节从上嘴唇冒出来，同时他的手指夹着烟，用一种独特的姿势在银色的烟盒上敲打着。温珀将自己看成一个原材料的加工者。他像是非常享受筛选、清洗、去除杂质这样的过程。他说主意不是他的，"但是，"他马上补充道，"我能由此创造出更好的东西来。"

---

①希尔斯（Heal's），英国家具连锁店，成立于1810年。

不过，这样一个以创造完美为傲的人，外形看起来却古怪而粗糙，斯通先生对他的第一印象并不好。他有个方下巴，看起来有些松弛，而且过于肥厚；嘴唇肿胀，周边似有一圈淤青（他用一种独特的方式把玩手中的香烟，把那烟塞进嘴后，他习惯用两片嘴唇将其滚来滚去，香烟拿出来的时候烟屁股常常是湿的）；棕色的眼睛疲态毕露，眼神游移不定，像是一个因饱受打击而失去自信的人。他中等身材，中等体格。对这样的人来说，购买衣服的选择应该非常多，但温珀穿什么都显得不合身。他的衣服就像他的下巴那样松松垮垮——这说明他从不锻炼，从不晒太阳，肉都是松的。他的夹克总是歪斜着，肩膀显得没有什么棱角，有时候甚至有些驼背。而他花哨的马甲——温珀对穿衣之道还是颇有兴趣的——看起来就有些惊悚和滑稽了。

听到自己的主意需要"琢磨打造"，斯通先生有些不快，并且这种不快在滋长。两人在福利部第一次开会的过程中，温珀突然说道："我希望你不要介意，但是你把玩香烟的方式让我感觉非常不舒服。"

香烟在指间，斯通先生一下子停住了。

温珀说："继续，你看看你是怎么敲的。"

斯通先生的香烟是夹在食指和大拇指之间的，然后通过这两个手指的动作来用香烟点击桌面。

温珀指出，这是不对的。正确的方法应该是让香烟从半英寸的高度落下，然后自动弹回食指和大拇指之间。

接下来的两三分钟里，他们一起弹着香烟，温珀示范，斯通先生学习。

然而对于温珀的不喜欢，很快被欣赏替代，因为斯通先生发现此人思维活跃，工作勤奋，而且最重要的，是他对这个提案的热衷。斯通先生将这看作是对自己的肯定。不过他也很快意识到，温珀对这个项目的关注点是有别于他的。

温珀说："这样如何？让我们的退休员工去拜访我们客户中那些已经退了休的人。带点公司的小礼物。这对伊斯卡尔公司来说不算什么。然后让他们说，'我们的关系不单单是生意上的，我们是朋友。'"他说这话的口气，好像它们已经可以被用作广告语了。"这可比那些圣诞卡片要管用。没有人喜欢公关经理。你不用说我也知道。但谁会怀疑那些老家伙呢？而且你想想看，为伊斯卡尔工作的人退了休还在为公司服务。从伊斯卡尔退了休的老家伙，在全国各地各个角落为公司宣传，一支多么强大的军队啊。"

斯通先生没有立刻否决这个想法，他开始想象。脑海里浮现出那些退休的人：留着长长的白胡子，拄着重重的、疙疙瘩瘩的拐杖，穿着切尔西医院的病号服。他们在乡间的道路上蹒跚而行，颤巍巍地穿过开满鲜花的花园，敲着乡村小屋的门。

温珀继续说道："上千个不拿工资的义务宣传员，走到哪里都受到欢迎。每个村庄都有他们的踪影。"

"不现实。"

他们的出发点总是不同。温珀是站在伊斯卡尔公司的立场来考虑问题，斯通先生则不得不掩盖他的初衷仅仅是保护退休员工，而非传扬伊斯卡尔公司的名声。

温珀的态度中，有一点特别让斯通先生恼怒，那就是他好像完全忽视了这个计划最初的由来，也就是说斯通先生是出于何种考虑和担心而想到的这个提案，或者说是什么支撑了斯通先生在书房里熬了一个又一个夜晚反复修订它。温珀没考虑到这一点；斯通先生也不愿意挑明这一点。但是，在两人无休止地讨论这个方案的修改和完善的过程中，斯通先生发现自己开始慢慢地接受温珀的观点——这就是一个提升公司公共形象的方案。

在讨论中，温珀每天都要说的一句话是："这件事情让我很激动。我觉得用这个计划可以做成一件大事。"

他充满了各种各样的想法，喜欢发挥自己的创造力，即使是最不切实际的念头他也会详尽地描述出来，并附上各种实施细节。当这些想法被否定或者遭到抛弃之后，他就会看着放在面前的提案备忘录，请斯通先生把他最初的想法重新概括一遍。

斯通先生是这样说的："我们给退休员工写信，邀请那些愿意参加的人成为'访问者'或者'伙伴'。这样我们就从退休者的队伍中筛选出了依旧可以干活的人。我们寄给这些'访问者'、'伙伴'——随便怎么称呼他们——需要拜访的人的详细资料。包括那些彻底不工作的人的年龄、部门、退休的时间、服务公司的年限等等。"

"在这个环节上，我们需要增加人手。"温珀说。

"我们的'访问者'在有特殊需要的时候可以打报告。我们再研究具体情况。但是普通的拜访，我们只要支付'访问者'的交通费用以及带去的小礼物——一束鲜花或是一盒巧克力——的费用就可以了。这样我们就可以将退休人员组织成一支自我管理、互助协作的团队。我们所需提供的只是一点儿行政上的管理。"

他们总是这样又回到起点，回到斯通先生最初的提案上，所以温珀说的"琢磨打造一下"更像是把这个计划敲打得面目全非，然后再将它弄回最初的样子。

温珀的这个毛病迫使斯通先生更积极地去推动他的计划。开始的时候，他还因为怕暴露制定计划的初衷常常语焉不详。但让他意外的是，随着他真实想法的一点点暴露，温珀既没有冷嘲热讽，也没有表示不解。

"这很有意思，"温珀总是把眼睛眯缝起来，真诚地说，"你说到我心里去了，这正是我所想的。"

斯通先生有点自我膨胀。他为退休职工想出了一个改善生活的方案。他把他们从无所事事中解救出来，使他们免于遭受残忍的漠视。他的计划会使他们能继续和他人保持办公室同事的关系，不至于完全陷入家庭杂务中。他让这些人能继续保持对公司的忠诚。而且这一切几乎不花公司什么钱：按照他的计划，这个方案公司每年需要投入的资金将不超过两万英镑。

温珀说："一个协会，保护那些上了年纪、不中用的家伙。"

温珀的言辞中总是充满了这类性暗示的话语。斯通先生慢慢学会了忽视这些言辞，但是这句评论却让他无法隐藏自己的尴尬和恶心。

温珀却很兴奋。"这正是我想要的，"他说，"你说得很有意思。继续。"

在这种"琢磨打造"的过程中，温珀让斯通先生逐渐深陷于辩护者、解释者的角色，搞得斯通先生在冗长的解释之后精疲力竭，免不了将就地胡乱概括几句。但这同样会引起温珀的注意和追问。

有一次，一周快要结束的时候，斯通先生自己都不知道怎么会说出那样一句话来："你明白吗，这就是一个帮助那些可怜的老家伙的提案。"

这听起来让他的提案显得荒谬又廉价，和他内心的感受完全不同。但温珀却用一种真诚的、实事求是的口吻回答说："这个国家对待老年人的态度太卑鄙了。"

就是在这样一个层面上，他们的讨论继续着，好像两人各自断定不能全然敞开心扉，而且互相默认，不向对方点破这一点。

他们开始讨论这个项目的名称。

温珀说："我们需要一个听起来就激动人心的名字，这个名字要让那些老伙计真的行动起来，跑出家门，一家一户地去拜访。"

在此之前，斯通先生从未想过名字的事情，现在也还是不想去思考这个问题。他旁边的温珀一边思考，一边拍打着香烟，让香烟在嘴唇间滚来滚去。他害怕命名会让自己的计划显得更廉价。

温珀说："'午餐代金券'是门很大的生意。知道为什么吗，就是因为名字起得好。午餐代金券。这几个词让你联想到午餐、餐饮、美食、金钱、丰盛。这几个词本身就很有饱足感。我们想要的正是—— 一看就明了，看了就激动。看了忘不了。"

"老兵。"斯通先生提议到。

温珀似是宽宏大量般摇了摇头："这正是我们最不想要的名字。我们想要的是体现年轻的名字。年轻，同舟共济的情谊，对男性的保护。"

斯通先生脑海里仿佛看到温珀是如何在他的原材料上添油加醋的。

"比如说骑士之类的。"温珀说。

"但骑士可不保护男性。"

温珀对他的回应完全不在意："骑士之类的名字。公路骑士。游侠骑士。他们要做的不就是巡游四方吗？游侠骑士。"

斯通先生觉得他的提议荒谬至极。他想要站起来，一把将希尔斯牌办公桌上所有文件和杂物都扫到地上，再冲温珀骂几句脏话，然后回到平静的图书室办公桌前。

沉默。斯通先生内心在咆哮，温珀则继续思考着。过了一会儿，他突然变得轻松愉快起来，在思考问题的过程中他常常会有这样的表现。

他说："敲门人，公司的敲门人。最值得尊敬的公司的敲门人。"

斯通先生点燃了一支烟，用自己的方式重重地点了几下桌面。但是温珀的这个建议确实有点道理。他的建议让那些退休员工摆脱穿着红色工作服的形象，他们好似换上了深棕色的、带黄色镶边条纹的华丽衣服，及膝马裤和黑色长袜，拄着带有古代纹饰的拐杖，去敲门。

"骑士拜访者。"温珀说。

"不是黑夜拜访者①吧？"

"我不是个孩子，斯通。"

"但是你表现得像个孩子。"

温珀游移不定的眼神似乎是在向他讨饶："善良的伙伴。"

"骑士伙伴。"斯通先生疲惫地说。

"要在他们的年纪成为骑士伙伴可不容易。"温珀哧哧地笑了起来。

斯通先生看着窗外。

---

①在英文中，"骑士"（knight）和"黑夜"（night）的发音相同。

"骑士伙伴。"温珀又重复了一遍。

斯通先生没有作声。

"无论从什么角度看，这个名称都无可挑剔。"温珀说，"'骑士'体现了年轻；'伙伴'体现了公司、集体。此外还能够让人联想到更多的内容，KCVO[①]之类的，什么什么的骑士伙伴，体现了时代和尊严。这样一来，这个词组包含的元素有年轻、时代、尊严、伴侣。还体现了是公司、是集体。骑士伙伴。太棒了！这个名字充满了各种各样的可能性。你的骑士伙伴们可以组成一个骑士社团，开圆桌会议。每年举办一次宴会。他们之间还可以开展竞赛。斯通，看看，我相信我们已经把这个项目琢磨打造出来了。"

◦◦

此时，玛格丽特已经发现了自己新的使命，而适应新的角色对她来说从来就不是什么难事。她已经不单单是那个在家里等着丈夫回家的妻子了，她成为了一个鼓励、激发丈夫努力工作的妻子。在过去，两人甚少谈及斯通先生的工作，因为这相当于在提醒他们初次会面时双方都带有的欺骗性态度，斯通先

---

① KCVO 是"Knight Commander of the Royal Victorian Order"的缩写，意为"（英国）皇家维多利亚勋章爵士"。"骑士伙伴"（Knights Companion）的缩写"KC"与其有相似之处。

生当时是以"首席图书管理员"的身份出现的。但现在，两人不停地谈论他的工作，而他退休的话题则不怎么再被提及。她的着装也悄悄地改变了：傍晚等他回来时穿的衣服就算是接待访客也不失体面。在他最初对她产生爱慕时，她曾穿戴过石榴石首饰和水洗真丝的红裙子。这些首饰和裙子以前只是陌生人身上引人注意的特点，现在已成了熟悉的、被细心护养的、一个精致衣橱里的一部分。她仍旧围绕着他的生活来打造自己，但同时也拓展着自己的角色，慢慢恢复了她过去的一些行为方式。在斯通先生还没有看明白之时，她已经领悟到自己职责范围的扩大，而且在谈到这些职责的时候，她好像很烦恼，好似她还不能够完全处理好这些职责。她讲起"设宴待客"时的态度，仿佛这是一桩迫在眉睫的大事。她严肃而坚持地认为，斯通先生及其骑士伙伴计划的每一步进展，应该更频繁地以更长的篇幅出现在公司内刊上。她感到责任在召唤她，并且这责任是她不能逃避的。

就这样，像任何一对年轻的夫妇（说到这个，玛格丽特总是以笑声来对抗由此产生的滑稽感，想遮住尴尬），他们讨论屋子里必须要改变的地方。他们需要新的地毯、新的画、新的墙纸。玛格丽特总能萌生各种各样的点子。斯通先生并不怎么认真地听她讲，也不怎么回应，但对于这个放着虎皮的房间里有了玛格丽特这样一个女人在讲话的新情景，他还是很乐在其中。他的姿态变得更放松，而且他夸大着自己的放松，并从中获得自我满足。看晚报不再是一种寻求慰藉、填补夜晚空白的习惯。他开始抱着满足而恩赐的态度来看报，来发现这个美好的世界还发生了什么。他变得更容易被逗笑，更容易被感动。他常常把新闻读给玛格丽特听。而且，两个人一起笑一起被感动的感觉，让他对他们相处的担忧一扫而空。每一种感觉都被放大了。他们甚至还假装拌拌嘴，但从不让这些摩擦变成两个人不理不睬的缘由。

斯通先生对房子的改造几乎没有发表什么意见。他说这些是女人的事情，随她去张罗。而她则不管斯通先生如何反复解释，总是装作对骑士伙伴计划知之甚少，有时甚至还号称老是谈论这个，让她厌烦了。

就这样，斯通先生的房子又开始慢慢改变，所有的变化都是逐步实现的。因为他们发现，如果要彻底整修房子，很多部分就需要推倒重建。有部分屋顶塌了，阁楼的地板很危险，窗框变形。斯通先生说，这些就是无从追寻赔偿的战争伤害——他告诉她说，战争期间每周六晚上，伦敦南部的这一片上空都有敌机飞过——这些话总是给了玛格丽特义正词严地指责政府的理由。因此他们决定只整修那些尊贵的客人来访时能看到的地方：门厅、会客室、餐室、卫生间，以及客人有可能走到的最高部分的台阶。底层的厨房和二楼他们的卧室，则决定暂时不动。

他们觉得米林顿小姐能够担起装修的职责。首先，她要刷油漆。她把漆刷得横七竖八，毛毛糙糙地到处都是。然后她号称要开始贴墙纸，同时还暗示刚刚装修完一家卖鱼店的艾迪和查理有空来帮忙。就在那个下午，邮箱里就收到一张简洁的白色卡片，上面印有"艾迪·毕奇和查理·布莱恩特，建筑和装修"的字样。这两人当晚还登门拜访。他们已经上了年纪，但还都精神很好。长着一张圆脸、戴着眼镜的布莱恩特只管微笑，不说话。脸色惨白的毕奇是两人的发言人，他说他们两个是自由职业者，目前正处于打名气的阶段。他们的价格不便宜，但毕奇说他们以前为之工作的公司要价更高。就这样双方签了约。随后的日子里，屋子内部被接连分隔开来，每个区域要花上一两个星期的时间重新装修，其间的空档，毕奇和布莱恩特还出去接其他活，而米林顿小姐则在大家的鼓励下再做些修修补补的小工。就这样，房子的公共区域，或者说将成为公共区域的部分，修缮妥当了。

在玛格丽特的设想中，夏日的晚宴场地可以延伸到屋外的草坪上。草坪不大，而且看得见别人家房屋的背面，但还能凑合，特别是因为有了隔壁学校空旷的操场。可是邻居们不配合。那只黑猫的主人显然不擅手工活，他的栅栏院墙摇摇晃晃，破破烂烂，一塌糊涂。而且花园里的植物长得乱七八糟，杂草丛中探出几株蜀葵，还有过度繁茂的玫瑰。草坪另一侧的那几户人家则干脆什么都不种，任花园荒芜着。这几家人还招了租客，后花园里布满了晾衣绳。他们自家的后花园栅栏也同样破败，斯通先生每天刮胡子时看见的那棵树的树根一直延伸到这些栅栏下面，把木栏杆推得挪了位。

所以虽然房屋的状况改变了，但其特质并没有变。因为玛格丽特的旧家具带来的霉味仍旧存在，好在大家都习惯了，只是在这个霉味的基础上增加了一层打蜡抛光的味道。屋子重新装修过的部分还是充斥着旧家具、旧地毯和油漆的味道。所以每天晚上，他们上楼回到卧室，回到这个挂着棕色丝绒窗帘、配着绿色流苏灯罩、铺着毫无个性可言的地毯的房间里时，就像回到了旧房子里，回到了过去。

米林顿小姐也有了变化。在过去，她是一个身体状况和工作效率越来越差的老仆人，现在则变得很珍贵——她的存在让这个家平添了一层光彩。还有多少家庭能有穿着制服的仆人出来为客人开门呢？过去如果要召唤她，那就得大呼小叫，而现在呢，门厅里的桌子上、黄铜花盆旁，出现了一把放在铜盘上的铜摇铃；而如果是她要找他们，就去敲墙上挂着的一面黄铜大锣，要敲响这面大锣对一个老太太来说可不是件容易的事情，她咬紧了嘴唇，闭起眼睛，慢慢地抡起手臂，茫然地敲着，直到大锣发出的声音足以穿破她的耳膜，提醒她可以住手了。因为米林顿小姐服侍的家庭变了样，所以现在她需要在干脏活苦活的佣人和点缀装饰的仆人两个角色之间穿梭转换。只有到了星期四，她才变成领退休金的老人，去退休老人电影专场，睡上一整个下午。

"我们提供的就是行政管理。"斯通先生曾经这样告诉过温珀，现在他们忙碌的就是试点项目的行政管理工作。凡事温珀喜欢有个说法。他喜欢那些听起来紧要、关键的名字。他建议他们所在的这个隶属于员工福利部的"骑士伙伴"项目应该称作一个"分队"。分队在执行一个"行动"，这个行动需要"情报"。这些军队术语般的词汇说多了，再加上温珀越来越多地直呼他的名字，以及那张为了试点项目的展开而在墙上挂起的大地图，常常会让斯通先生陷入遐想，觉得他们两人都穿着将军制服，在一些电影中见过的、有着高高护墙板的房间里，轻声说着话，在他们的指挥下，退休老人们被派到全国各地去作战。

他欣赏温珀的谈吐。他也欣赏温珀的紧迫态度，因为通过他的行为举止，透过他鼓鼓囊囊的公文包和他谈论到文件流程时所持有的"这些工作虽然麻烦但非常重要"的态度，可以看出他对这个项目很上心。他还欣赏"行政管理"和"工作人员"这两组词。但招聘工作开始后，这两组词就具体地化为三个打字员、四个男性办事员和一个来自约克郡的年轻会计师。招到的三个打字员很普通，而且几乎没有什么文化，这让她们完全没有电影和卡通片中打字员的那种魅力。（虽然他过去的工作中接触到的打字员们并不怎么样，但这次他的期望颇高。）而那四个办事员都上了年纪，这似乎削弱了项目的重要性，同时又是在质疑项目的紧迫程度。这些办事员看起来似乎都非常勤奋、非常投入，但工作效率却出奇的低。至于会计师，则是一个穿着古怪又自命不凡的年轻人。

项目的主要工作包括写信、整理回信、任命骑士伙伴、准备那些需要被拜访的人的简介，以及购买处理这些客户资源所需的办公设备。尽管有这些勤奋打字、翻阅档案、抱着文件在走廊里来回奔走的工作人员，斯通先生自己还得承担下大量的任务。同时，该项目的宣传工作必须不间断地维持着。这是温珀的工作。斯通先生为此很感激温珀。在这方面温珀还是颇有才华的。他那些看起来戏剧化的、廉价的主意，最后都被证明颇为成功。

每个骑士伙伴都会收到一张任命书，这任命书印在手工制的、带毛边的纸上，然后卷成一卷。这是温珀的主意。任命书上的文字应该古色古香，读起来严肃、权威。这些文字是温珀撰写的。完成之后，他们还求见了哈里爵士，因为需要获得他的同意，才能在任命书上使用伊斯卡尔公司的印章。出乎斯通先生的意料，哈里爵士对这个方案没有表现出丝毫吃惊与恼怒，而是非常赞许。温珀还出了一个主意，每一个骑士伙伴应该在衣服的翻领上别上一枚银色的胸针，胸针做成一个全副武装、戴头盔、携长矛飞驰的骑士的模样，其上没有任何文字和字母。温珀的主意还包括所有伊斯卡尔公司的退休员工应该佩戴一朵金属制玫瑰花，玫瑰花有不同的颜色，代表他们为公司服务的年限，方便退休员工和骑士伙伴相互辨认，但这个主意没有被采纳。温珀的脑子里总是这样充满各种念头，他的规划总是超前，并时不时地浪费时间（比如说，没有任何美术基础的他会花好几天时间去设计骑士胸针），但总又能鼓动起大家的工作热情。

管理这样一个由人构成的组织——这个其雏形最初由斯通先生在书房里创造出来、写到纸上的组织，让他始终处于一种亢奋状态。现在他那破旧的、磨得锃亮的公文包终于装上了真正有意义的文件。而且，他开始在商店橱窗里找寻新款的公文包，随时准备抛弃那个带有欺骗意味的旧包，虽然在过去那些一去不复返、可以被编号储存起来的日子里，这个旧包曾带给过他莫大的快乐。现在他的谈话内容除了骑士伙伴项目，还是骑士伙伴项目，玛格丽特都已熟知其中每一个工作人员的毛病。对此，格蕾丝则会以汤姆林森多年来默默忍受其下属的故事来回应，似乎是借此在说：玛格丽特和理查德，现在你们能理解我们的处境了吧？对此玛格丽特表现出晚到的同情，似是心有戚戚焉。

∞

试点计划碰到了一些问题。

一个退了休的部门负责人在被任命为骑士伙伴之后，觉得有机可乘，他去拜访了他认识的八名散居在威尔士各处的退休员工，顺道游山玩水，然后给公司寄来一张二百四十九英镑十七先令五便士半的账单，账单条目清晰，里面包含了昂贵的宾馆住宿费用、餐厅账单、停车费和购买礼品的收据。他给其中一个退休员工买了一台收音机。他还称很遗憾没能给一名已经耳聋了的退休员工购买到电视机，但是他要求公司能够尽快办妥此事。

有二十名骑士伙伴已经上路。他们紧急发了通知给其余的十九个人，防止类似事件再次发生。公司内部一级又一级的主管看到这份账单都为之咋舌，拒绝签字批准，一直闹到了哈里爵士那里。最后，是决定给予全部报销，但在寄给他支票的同时，还附上一封信。信是由温珀和斯通先生花了很大功夫写出来的，重申了项目的种种规定。信上说，公司并不鼓励骑士伙伴过度地耗费自己的精力；需要拜访的退休员工的名单，会由公司提供，这些人都住在他附近；所需携带的礼物也都是象征性的。他们告诉这名公司曾经的部门负责人，虽然他在此事上投入了巨大的精力，令人钦佩，但是拜访八位退休员工的总预算为四英镑，而他的报销要求超出了规定的六十多倍，他必须清楚这样的要求让他们感到非常为难，没有办法入账，而且威胁到了这个项目的存在和延续。

回信很快来了，装在一个大信封里，里面还放着那卷任命书。内容又长又乱，流露着书写的人气恼、受伤及抱歉的心情。他感谢该部门和伊斯卡尔公司寄给他支票。但是，他又说，他觉得必须把任命书退给公司。在还工作的时候，他常常鼓励自己、鼓励下属说，伊斯卡尔公司要么什么都不做，要做就做最好的。至于那个银色胸针，他决定暂时保留。他等待着他们的进一步指示。

他们回信让他留着胸针。之后就没有了他的音讯，直到那一年年底。

还有一件事情，虽然不具有上一件那样的灾难性，但甚至更让他们感到尴尬，因为这事完全是因为管理上的疏忽而造成的。一个过去为公司跑腿的快递员，在被任命为骑士伙伴后，被派去拜访一位退了休的公司高管。他收到的高管个人简介，是本着民主、平等的精神而统一撰写的，所以他完全没有意识到自己去探望的是一位地位显赫的人。来到那人的住处，他满腔坚定的骑士精神化为怀疑，怀疑又转为焦虑。等那位退了休的高管出现之后，这个快递员深深鞠了个躬，递上一袋廉价的茶叶后匆匆撤退。

温珀一直在撰写的材料里呼吁，骑士伙伴中既要有快递员这样的角色，也需要有主管级别的退休人员。但现在他们认为首要的问题，是确定访问者和被访问者的背景要相当。他们还决定，放弃固定的礼物支出配额，对不同的访问对象制定不同的支出标准。也就是在这个时候，在大家对骑士伙伴计划有些失望的时候，那个约克郡来的会计建议说，礼品的账单应该直接寄到他们这个部门来处理。这可能意味着更大的工作量，但会计拿出一些数据，说如果采取这样的措施，每次拜访能够省下两到三先令——或许可以更多，因为他们可以和某些商店签署协议，得到优惠价——这样部门就可以获利，最不济也可以达到收支平衡。

他说："我们需要的，是更多的人手。"

温珀和斯通先生积极提出了增加人手的请求，哈里爵士也给予了积极的回应。就这样招来了更多的员工。每天十二点半到一点、五点到五点半期间，办公室里都是女性员工窸窸窣窣上厕所的声音，让人不胜其扰：先是高跟鞋笃笃笃的声音，然后停顿下来，一会儿传来抽水马桶放水的声音，再是笃笃笃的声音，像是平静的大海在陡峭的石壁海岸搅起了风浪。

此外还发现了两件不合规定的事情，并且第一件似乎一时还找不到解决之道。他们收到一连串用颤巍巍的手写下的投诉信，投诉一个骑士伙伴滥用职权，上门宣扬耶和华见证人①的教义。他带去的礼物，也就是数周来项目部一直在支付的，是《上帝是真的》宣传册和《醒来吧！》杂志一年的订阅。他们紧急寄出十八封信，警告那十八个骑士伙伴不得有同类行为。他们写信给那个违规的骑士伙伴，告诉他，他已经被剥夺了骑士伙

①耶和华见证人（Jehovah's Witnesses），19世纪70年代末，由查尔斯·泰兹·罗素在美国发起的独立的宗教团体。

伴的资格。那人的回信很平静，说他所做的都是合法的，因为真理必须得到传播，无论采取什么手段。世俗的权威害怕真相，部门对此的反应一点儿也没有出乎他的意料，但是他还是会继续他的"传道和出版工作"。他也确实这样做了，他所在的那个区域的退休员工们继续受着他的骚扰。这一点从他们办公室墙上挂的地图可以看出来，那一区域里红色的图钉密布，意味着投诉的案例。蓝色的图钉表示满意，黄色则表示部门需要作进一步调查。

他们因此决定以后在任命骑士伙伴之前，需要谨慎地试探出对方的宗教信仰。这就意味着需要做更多的工作，因为人事部门并不能提供这方面的资料。温珀说："这就是生活在一个异教徒国家的可怕之处。"（这是斯通先生第一次意识到温珀可能是个罗马天主教徒。）话语中的态度和过去他说"这个国家对待老年人的态度太卑鄙了"是一样的。"一个为公司工作了四五十年的员工，却没有人知道他是伊斯兰教教徒，还是佛教徒。"

另一桩不合规的事情是偶然发现的。一个骑士伙伴声称他拜访了所在区域内的十位退休员工，需要报销五英镑的费用。就在支票寄出的那一天，退休金管理部门通知他们说，有一个退休员工在款项支出前的两个星期就搬到另一个地方去了。进一步的调查显示，这个退休员工根本没有接待过任何来自骑士伙伴的访问。这名骑士伙伴同样遭到解职，任命书被收回，温珀就此规定，以后每个骑士伙伴收到的被访问者名单上，都要包括一名已经过世的员工。

∾

这些插曲，成了玛格丽特和斯通先生在家举办晚宴时的谈资。晚宴的客人主要是来自福利部、人事部和养老金部的高级主管。米林顿小姐为晚宴准备的鱼和薯条总是受到女主人的热切赞扬。过去，他们两个都觉得自己库存的那些人生故事已经讲完了，而现在，他们很高兴每个星期都有新的故事可以讲。那个关于猫和奶酪的故事，也就是斯通先生和汤姆林森夫妇反复听了许多遍的故事，现在已经几乎被彻底遗忘，就像那只猫一样——那动物不再来挖花园的泥土。每逢晚上有空暇的时间以及周末，斯通先生总在花园里忙碌，他的这个嗜好依旧受到玛格丽特和米林顿小姐善意但又略带敷衍的鼓励。

这些晚宴偶尔温珀也会来参加。他第一次穿正装出现的时候把他们都吓了一跳。他的外套像以往一样耷拉在他软塌削溜的肩膀上。第一次参加晚宴的时候，他特别小心翼翼，对玛格丽特谦恭得很，完全没有表现出斯通先生担心的直率和鲁莽。他很谦和，也非常严肃。眼睛有些眯缝，嘴一动不动，下巴不自然地绷紧着。他抽了无数支香烟，用他的方式拍打它们，把它们叼在嘴唇间慢慢移来滚去。他几乎没有说什么话。作为女主人的玛格丽特伶俐活泼地周旋着，但他一直躲着她。玛格丽特觉得他不喜欢她，斯通先生也觉得如此。但他没有拒绝下一次的邀请，一次次地来，答应得一次比一次显得爽快，而且每次都穿正装出席。玛格丽特还是坚持用她的方式来与他打交道，终于，他慢慢随和起来，变得和办公室里的样子更为接近。他舒展开四肢坐在椅子上，两腿分得开开的，背弓着。他的眼神不再显得严肃、迷离。他偶尔会发出短促而神经质的笑声，这样的笑声在办公室里斯通先生听着觉得很刺耳，在家里听到倒挺高兴。

一天晚上，玛格丽特用她那女演员的腔调问他："告诉我，温珀先生，你对童贞女生子是怎么看的？"

"所谓的童贞女生子，要我说，是复仇生子。她们不就是对丈夫心怀不满么……"

玛格丽特先斯通先生一步明白他话中的含义。她忘记了刚才扮的女演员腔调，高兴得张大了嘴，发出一通肆无忌惮的笑声。她双膝分开，身体朝着温珀先生的方向倾斜过去。

他们的友谊加深了。他变成了斯通先生府上的常客，常常单独和他们一起用晚餐，这让斯通先生忍不住怀疑温珀虽然看上去精明、忙碌，但是并没有什么朋友。温珀恢复了他的本来性情，客套归客套，实话归实话，心里怎么想的就怎么讲，其中包括对玛格丽特的穿着和厨艺的评价。斯通先生有些难堪，玛格丽特却很高兴。"只有温珀才会这样。"这个评价让温珀很满意，他因此表现得更为卖力讨好。玛格丽特开始直呼他为比尔，他也直呼玛格丽特的名字，而斯通先生却还是斯通，只是在家里带上了一些假作正经又很亲昵的口吻。在办公室里则照旧是严肃的。

有时候奥莉薇和格温也在客人之列。格温照例还是时阴时晴的样子。但她比以前瘦了，脖子上的皮肤有些松懈下来，而且身体终于有了点儿曲线。她戴着非常紧的胸罩，一对硕大的乳房被推得高高的。它们很具有诱惑力，让人分心。这对乳房匀称有致，所以她坐着的时候，还是颇有吸引力的。但她一站起来，形象就被破坏了大半。因为她的屁股很大，虽然不至于比例失调，但是这个傻孩子为了突出胸部，总是穿着极度收腰的裙子，有时还系上一根阔腰带，这就让她的屁股显得更宽更大了。

格温总是让斯通先生觉得紧张，所以他把更多注意力放回奥莉薇身上。他希望获得她的仰慕，但发现她总是不温不火。尽管她也处处表现出友好，对新装修赞不绝口，并能轻松自如地和玛格丽特相处，但她似乎已经不再是这个家里的人，不能完全置身于这个家庭的喜悦和悲伤之中了。就算玛格丽特不在屋子里的时候，奥莉薇讲起话来也好像玛格丽特在场。斯通先生很失望。他以为他们兄妹之间的关系本能更甜蜜、更亲密无间。

校园操场上那棵树的叶子开始发黄掉落，再一次让斯通先生把"老怪物"和"雄性男"的房子看得一清二楚。（"雄性男"这个秋天把院子里的泥土翻了个遍，虽然花了长时间去观察，斯通先生还是无法确定其原因。）斯通先生发起的试点项目在既定的轨道上运转起来，并且颇为成功。尽管花了不少钱，但是取得的成就也很可观。部门基本成形，行政管理工作得以简化，与养老金部和其他相关部门建立起常规的沟通机制，进一步扩大项目规模应该不是什么难事。这个项目效果卓著，这一点没有人再敢去怀疑。骑士伙伴们不仅发现了生活窘迫、需要帮助的人，还发现了许多被人遗忘、生活极其悲惨的人。这些案例总能激起温珀的热情，并在用圆孔边的纸装订而成的内刊《听着！听着！》上撰文介绍，登出相关骑士的照片，以鼓励更多的人更积极地去履行使命。这个部门对老员工所提供的保护，超出了温珀、乃至斯通先生最初的设想。而且"骑士伙伴"这个名称，真正变成了一个事实，尽管斯通先生最初认为这个名称是温珀本着职业的热情调侃着想出来的，虽然温珀倒总是正经严肃地对待它。有一次，那个年轻的会计师在提到这个名称时出语不甚恭敬，温珀为此还严厉地批评了他。总之，这个项目演化成一种追求、一场运动。

　　这也是温珀先生才华的另一例证，斯通先生对此很是仰慕。

而且他是那么热忱，看到计划成功，他又是那么开心，这让斯通先生不再怀疑温珀先生对这个项目的投入还有所保留。温珀这个人很难讲得清楚。在这一点上他和伊文斯，那个退役皇家海军战士有点像。他有时会表现出嘲讽的态度，特别是在某些钻空子的违规行为浮出水面的时候，但如果别人也表现出这种态度，哪怕是斯通先生，他都会立即加以阻止。所以有时候忙于行政工作的斯通先生，觉得他和带着激情四处宣传这一项目的温珀先生，互换了彼此最初的角色。

"这个项目是成功的。"温珀看着地图说。现在地图上蓝色的图钉到处都是，那些红色的图钉还顽强地存在于原来的地方，而黄色的图钉只是稀疏地散落着。"但到底什么是成功呢？我们收到了很多来信，我们可以报出很多数字来，那些骑士们快乐得就像卖沙子的小孩。但这还不够，斯通。这里要解决一个问题，那里要解决一个问题，这些都没有关系。但再过几个月，这些都会变成常态。大家会慢慢厌倦，连骑士们也会有这样的感觉。我们应该有更大的目标。一个爆炸性的事件。能够带动这个项目全速再发展一年或者更长时间的事件。"

这就是温珀，一旦事情顺利运转起来，他就开始不满足，想要新的刺激，让原本很满足的斯通先生开始不安。方案被证明是有用的，这本在斯通先生的意料之中。让他备感高兴的是，这个部门能够顺利地运行起来，而且每天有那么多男男女女，尽管有着自己的生活，都在为他在书房灯光下描绘的项目而工作。

然后，他们就发现了伦敦北郊马斯韦尔希尔的"囚犯"。

有一天傍晚时分，斯通先生接到一个自称是杜克先生的人的电话。杜克先生听起来很不愉快，而且说的很多话都让人无法明白。斯通先生基本听明白的信息，是杜克先生最近被任命为骑士伙伴。受命的第一天他就戴上骑士的银色胸针，开始了他的拜访之旅。他最先拜访的两个退休员工都已经过世了，而且过世很多年了。

"我给他们买了一个核桃蛋糕。"他反复强调，好像核桃蛋糕保质期不长，无法及时送出让他很是烦恼。

其中一个退休者确实过世了。但是退休金部门说另外一个还活着，至少那人还在按时领取退休金。地图上的马斯韦尔希尔地区被钉上了一只黄色的图钉，好像一面隔离检疫的旗帜。第二天一早调查员就出发了。午饭前她回到办公室，战栗着讲述她发现的情况。

那个地址在马斯韦尔希尔区环境相当不错的红砖街上。如果是匆忙路过，行人根本不会注意到那栋房子有什么异常，因为就是一栋红砖房，而且野草疯长的花园在这一住宅区域也非常常见。只有留心去观察，才会发现这栋房子年久失修，窗框油漆已经全部剥落，窗帘掉色掉得已经说不清原来是什么颜色，整栋房子散发出一种无人居住的腐朽气息。越走近这种感觉就越为强烈。门铃生锈了，门环也是这样。她敲了又敲，里面终于传来了响动，门一打开，她感觉扑面而来一股子腐味和霉味，以及猫和破烂衣服的味道，这味道一部分来自房子本身，一部分来自开门的妇人穿的廉价皮毛外套。这个妇人五十岁左右，中等个子，戴着粉红边框的眼镜，眼睛是淡蓝色的。她的眼神里流露着惊诧，但显然没有太多防备。她身后黑黢黢的长廊里传来持续的、窸窸窣窣的响动，她扶着门，既像要防止屋里的什么东西跑出来，也像在拒绝访问者进门。门里的动静不断，是些轻微的撞击声和摩擦声。房子里都是猫。妇人说她的父亲已经死了。她已经告诉过他们他已经死了。为什么还要再来问一遍呢？

　　那个调查者坚持，强行进了门。猫擦着她的腿跑来跑去，穿着皮外套的妇人试图抗议，但被调查者呵斥住。客厅里堆满了纸张：一堆足球赛的优惠券、从不同政府部门邮寄来的信，还有骑士伙伴项目邮寄过来的各种宣传资料。调查者掩着面屏住呼吸，在房子里搜寻了一遍，在一个插着门闩的房间里找到了那个领退休金的老人。那里的气味比楼下的更让人难以忍受。老人没有看见她，房间里是暗的，他躺在一堆破布之中。"他不喜欢猫。"穿皮外套的妇人说。老人看起来已经失去了说话能力，费尽所能发出的也只是些咿咿呀呀声。调查者扯掉了窗帘，那窗帘一拉就掉了下来，然后她又使出全力推开窗户。这时老人终于讲出话来，但那纯粹是句傻话。调查者在这一刻崩溃，哭了出来。

　　那么，这个躺在一堆破布床上的老人到底说了什么呢？

"要把你送到 MCC 去。"

这件事情让斯通先生感到震惊和害怕。自从加入员工福利部，创建了项目部门，在享受管理者的权威和庆幸自己好运气的同时，他慢慢忘记了那种不安感。现在，那种感觉一下子都回来了。

他没有把这件事情告诉玛格丽特。那晚回到自己亮堂堂、许多东西都是簇新的、而且可能继续换新的家里，他并没有高兴起来。他觉得那摆放着绿色灯罩的卧室将来也未必没可能变成他的监狱。房间里的霉味又开始变得陌生起来，而且带上了某种威胁的意味。

早晨来到的时候，他很高兴，因为又可以离家去上班了。

是温珀将他从阴郁中拯救了出来。对于温珀来说，"马斯韦尔希尔囚犯"的故事——这是后来报纸对这一事件的命名——太有启发意义了。虽然他本人也感到震惊和恐惧，但是他将愤怒转化成能量，转化成一种渴望，用他的话来说，就是"让允许这种事情发生的政府感到羞愧"。

"这件事情对于《听着！听着！》来说太大、太严重了。我觉得我们应该联系媒体。"

斯通先生并不愿意参与到温珀的积极行动中去。他知道上媒体有好处，但同时又感到惧怕，就像他不敢把这件事情告诉玛格丽特一样，因为这丑闻活生生地发生在了他们身边，而且让那些遭受到同样威胁的人感到更为无助。

但他没有说出自己真实的想法。他只说了温珀预估到他会说的话："我想我们还是要谨慎些。我想这件事情还是要请示一下上级。"

出于对斯通先生的尊重和维持良好关系的愿望，温珀对此表示赞同，年轻得志的他好像也知道他的冲动劲头需要有人站出来缓一缓。

再一次，两人之间像是达成了无言的默契。

他们请示了上级部门，上级部门同意了。这件事情爆料给了媒体。就这样，公众开始了解"骑士伙伴"项目。这个报道正好赶上了各种星期日报，此后又引起了地方和全国性报纸的兴趣，进行了后续的跟踪报道。马斯韦尔希尔当地的报纸凭借地理优势，更是进行了详尽的图文报道。

来自伊斯卡尔公司内外的表扬接踵而至，让斯通先生心花怒放。这个项目部门由此确立了自己的地位，它的未来不再是不确定的，它肯定会继续开展下去。对前来道贺的人，他一概说那只是他们运气好。温珀也如是回答。后来，公司高层如何讨论要不要把这件事情透露给媒体的细节，成了斯通先生向汤姆林森及其朋友们吹嘘的资本。

∽

一段时间之后，斯通先生正好到北边出差。他借机去了一趟约克郡收容所。这个收容所名义上是一家医院，"马斯韦尔希尔囚犯"的女儿就住在这里。那"囚犯"在被解救之后不久就死了。他的女儿则脱掉毛皮外套，那群猫也都被处理了。她顺从地接受了一切，完全没有攻击性倾向，所以医院指派她打扫一个医生的房间。每天早上她都会从医院的花园中采摘一束鲜花送给那个医生，她还会到医院的食堂买两颗糖，一颗给自己，另一颗留给一个她不愿意说出名字的人。每天早晨她都在寻找这个人，但是找不到，然后只能悲伤地把糖送给护士。

# 五

　　项目的成功改变了斯通先生对温珀的态度。虽然什么都没有说，两人之间的关系也一如既往，但斯通先生发现自己在重新考量温珀。他像个陌生人那样去注意温珀的面部表情和行为举止，试图以全新的眼光来解读他。他不知最初的时候，自己是如何克服厌恶喜欢上温珀的，也不知自己怎么会去欣赏他粗鲁的笑声和肮脏的笑话（温珀拿放屁开玩笑，拿女性的步态开玩笑）、双关语（"同偷懒同薪酬"）、恐怕是借鉴来的格言警句（"食物最好的替代品就是汤"），以及带有暴力倾向的社会法西斯主义政治观点。在这种情绪下，他不再愿意掩饰自己对温珀种种行为的真实感情。他觉得自己的愚蠢和软弱正配合了温珀的聪明和无耻。

　　但这些想法他都没有告诉玛格丽特。她和温珀已经成了要好的朋友。由于温珀，她派对上的做派有了进一步的提升：她不再说粗话，但在任何粗话面前都泰然自若。她理解温珀。他们互相欣赏对方讲的笑话，互相欣赏对方是有个性的"人物"。

斯通先生也无法向玛格丽特诉说他的不安、恼怒，以及在某些时刻感到的痛苦，因为他觉得温珀是"踩在他的背上获得了成功"。想到这句话的时候，他的脑海里出现了一幅宗教受难般的图景：一个强壮的、脸颊胖胖的年轻人踩在一个穿得破破烂烂、颤巍巍拄着拐杖的瘦弱老人身上。看到两个人的名字——温珀和斯通，不停地一起出现，斯通先生再也掩饰不住自己的不快。在公司的内刊上，两人的名字一起出现时，总是温珀的话被引用，项目不过开展几个月，温珀就好像成了它的代表。斯通先生的贡献、热情和痛苦，都白白付出了，好处都叫温珀得了。他一辈子就想出了这么一个好主意，因为这个主意，他的生活有了改善，也可能是被毁了。而从中得利的只有温珀，年轻的温珀，那个老是号称自己什么都没有做的温珀。

但在两人的关系中，斯通先生对温珀的关心还存留着，那是一种近乎父爱的关心，有时是怜悯。温珀对自己的评价和他真实的自我之间差距巨大。他那种急于卖聪明的表现，让人觉得可怜。他穿的衣服质量本不错，但在他身上就显得很糟。他努力做出高雅的姿态去拍打香烟，但烟头从他厚肿的嘴唇间出来时那种又湿又扁的样子惨不忍睹。他想要让自己显得威严，但获得的常常是嘲笑。他似乎知道自己会被嘲笑，但又完全没有学会如何应付。让斯通先生感到内疚的是，温珀声称他越来越喜欢玛格丽特和斯通先生。在这一点上，斯通先生其实是感激和开心的，此外还有一点点意外，因为两人在办公室仍旧保持着非常正式的同事关系。

对个人的事，温珀总是滔滔不绝，但他很少谈及家庭。温珀是伦敦人，父亲还居住在巴尼特区，但谈到他的时候总好像那是个遥远的、不重要的家人。他从未提及母亲。他是一个没有家的人，只属于这个城市。就像对父母的情况保密一样，他对自己的住所也出言谨慎。他只是暗示那房子完全属于他，其他一概不提。他所有重要的活动好像都是在家以外的地方发生的，玛格丽特和斯通先生开始觉得他从来不邀请任何人上门。所以，当他在某次共进晚餐之后邀请他们时，两人无比惊讶。温珀对他们说："我再也忍受不了玛格丽特弄的这些乱七八糟的菜了。你们俩一定要到我家来吃一次晚餐，看看食物可以怎么做。"

温珀的房子在开朋，临着高街，属于汉普斯特区的这一边。房子不起眼，是排屋，不带花园。他住一楼，地下室和其他楼层被租了出去。玛格丽特和斯通先生坐在客厅里，温珀则在厨房里忙碌。厨房在走廊尽头，连着通往地下室的楼梯。客厅很简陋，几乎没有什么家具。地板上铺着接近浅黄褐色的毯子。两把扶手椅的简约款式勉强算得上现代，但已经很旧了，透着寒酸。一面墙上贴着用黄色胶带黏上去的斗牛场景海报，海报的上半部分满是灰尘。另一面墙上则什么都没有。书架上乱七八糟地堆着一些书、旧报纸和过期的《绅士》、《时代》和《观察家》杂志。还有一个单独的书架，上面整齐地摆放着绿色书脊的企鹅丛书①。在玛格丽特和斯通先生的想象中，温珀的家应该更大更豪华些，至少和他的穿着打扮是相匹配的。但他们看到的这个房间充斥着孤独。他们坐着等他的时候，听到门厅和楼道里传来脚步声，那是温珀的租客们。

他把食物一盘一盘地端进来。餐盘和家具相比精致许多。第一盘是冷切牛肉，牛肉上铺着厚厚一层切得很细的生菜、卷心菜、胡萝卜、红辣椒和大蒜，都是生的。然后，他拿出一个细长的瓶子。

"橄榄油。"他说。

玛格丽特滴了几滴在自己的盘子里。

他把瓶子从她手中拿过去，说："这又不会爆炸，像这样。"他的手慢慢转着圈，把瓶中的橄榄油倒进盘子里。"来吧，吃了它。"他又同样为斯通先生倒好橄榄油，然后回厨房继续张罗。

玛格丽特和斯通先生在昏黄的灯光下坐着，看着放在盖有餐巾布的大腿上的盘子。

过了一会儿，温珀回来，说："你们还记得战争的时候，那些饥饿的波兰人没有我们那样的白面包，只能靠黑面包为生吗？

---

① 企鹅出版社早期的装帧设计，以不同的色彩对书加以分类，绿色为悬疑类。

但那面包其实比我们的白面包好上十倍。不要把面包切成一片一片的，玛格丽特，用手掰就可以了。亲爱的，今天晚上我们可不用像在你家吃鱼和炸薯条那样拘谨，涂一点儿黄油吧，你也是，斯通。"

他们掰下一大块面包。

他再次离开去厨房张罗。

"我们该怎么办呢，狗崽？"

温珀拿着一瓶没有标签、装着黄色液体的瓶子回到桌边。

"不用等我。"他说着，把酒瓶里的酒倒进三个酒杯，"这是一个有着伟大饮酒习惯的国家。现如今你们拿出一瓶博若莱葡萄酒就觉得差不多了。你们在想什么呢，斯通？有松节油味的酒才是真正的酒呢。"

他在他们对面坐下。"嗯，"他嗅了嗅盘子，装出一副很难闻的样子，"那些肮脏的外国人啊，净吃这些大蒜和油腻腻的东西。我们的番茄酱到哪里去了？"他开始大嚼那盘拌着橄榄油的生鲜蔬菜，喝着希腊松脂葡萄酒，咬了一大块用手掰下来的黑面包，同时和他们愉快地谈着话。话题主要是美食。他们俩则小口地吃着东西，小口地喝着酒。

之后他们还吃了饼干配布里干酪和卡门贝尔奶酪。最后，他又为他们端上装在一个锃亮的长柄铜壶里的土耳其咖啡。

两人回到家，觉得饿极了，但对这个做事不着调的年轻人却越发喜欢起来。一两天后，他们讨论起这顿晚餐，都觉得"和温珀这个人一模一样"。

在邀请斯通先生去过住所之后，温珀好像觉得他们之间的关系已经达到了可以毫无保留的程度。此后他们经常一起吃午饭，温珀教会了斯通在午间溜出办公室，用公务的名义乘出租车去吃午饭。而且，斯通先生还成了温珀的倾诉对象。

原来温珀有一个"情妇"。他用这个词的时候态度极其随意。她是电台节目主持人，斯通先生隐约记得她的名字，但为了温珀的缘故，他装出非常熟悉的样子。温珀提起她的口吻，俨然是在讲一个公众人物，而且他总爱说她对性如何贪婪，食物好像对她有催情作用。据温珀说，有一次他们在饭店吃饭，她突然推开主菜，拿起包说："买单吧，我们回家去……"

"她把我的衣服一把扯掉。"温珀补充道。

斯通先生很后悔鼓励温珀吐露心声，因为温珀的倾诉越来越多地围绕着性。他谈到的这个主持人情妇的事情太过私密，让人尴尬。还有一次，在斯通家吃过晚饭之后，他谈起格温说："我觉得要是我去揉搓一下这姑娘的话，她能滴出各种淫荡的汁液来。"

温珀的这些言论和"情妇"这个词的使用让斯通先生感到不安，他开始怀疑这个女主持人是否真的存在。但一次在午餐时间，温珀安排了他们在一间酒吧里见了面。（"不敢请她吃午饭啊。"温珀是这样说的。）这个情妇挺让人失望的。她三十出头的样子，脸上搽了厚厚的粉，嘴唇上草草地涂着唇膏，眼带哭相。她给人的印象是竖线条的：脸瘦而长，几乎没有胸，屁股的长度快要超过了宽度，而且很下垂。她看起来和斯通先生想象中的女主持人，不管是在外貌上还是声音上，完全不是一回事。他无法想象她会扯掉任何人的衣服，但对于温珀能够引得她有足够兴致扯掉他的衣服，以及温珀对她有足够兴致而容许她这么做，他还是挺为他们感到高兴的。在这两个人面前，他有一种做父亲的感觉，觉得他们两个能够找到对方是一种幸运。

"她是个非常有魅力的人。"他事后说。

温珀说："我能把头钻到她的裤裆里，在那里待上几个小时。"

他说这话的认真劲儿听起来相当悲哀。以后，再看到温珀把香烟放在唇间翻来滚去，斯通先生都会回想起这句出乎人意料、令人惊恐、又毫无愉悦感可言的话语。

此次见面后，斯通先生有好些时候再也没有听到这个女主持人的消息。温珀的言谈中开始透露童年和参军的经历，他提及的那些令人感到羞辱的过往好像近在眼前。"我和妈妈，以及她的一些朋友们，在听广播里女王加冕的转播。你知道吗，那时我已经挺大的了。我妈对我说，'比尔，快来这里看，街上有加冕的队伍走过来了。'我上了她的当，真的跑到窗边看。我真的跑了过去。她的女友们哄堂大笑。那时我杀她的心都有。""他们说军队能塑造一个男人。但我在军队里差点玩儿完。你听说过关于传统英国士兵的说法吧。说他们蠢得'可怕',勇敢得'恐怖'。我两样都不沾边。"

有时候,他对任何目睹的事物都发表带有蔑视性质的评价。这在某些情况下是有趣的。比如有一次,在转过一个街角之后,他说:"你看看那个白痴。"好像他的话带有魔力一般,他们面前突然就出现了一个穿着臃肿的摩托车手服装的男人,垮着的裤臀处很脏,看上去像个猴子的图案。有一段时间,他只要在伦敦街头看到黑种人就很恼火。整个午饭时间,在街头行走的过程中,他都会大声数着他看到的黑人的数目,直到他和斯通先生两人都忍不住大笑。但有时候,这种午休时间的步行也会带来尴尬。打扮齐整的妇人和她们的女儿像黑人一样让他恼火。有一次,他们两个在牛津环的交通岛上等红绿灯的时候,前面就站着这样一对母女,斯通先生听到他在嘟囔:"快滚得远远的,死老太婆。"他常常在人群中发出类似的诅咒。但这一次他说得太大声了。那个女人转过头,盯着他审视了一番,眼里满是鄙夷。这让他有点畏缩,一路变得很沮丧,直到回办公室才略有好转。

这段时间温珀过得不顺。他似乎和斯通先生走得更近了。有一天一起吃午饭的时候,温珀突然满是热忱地说:"我真希望能像你那样,斯通。我希望我的生活就这样了。我希望所有的事情都发生过了。"

"你怎么知道我的生活就这样了呢?"

"想到要继续追求生活我就无法忍受。如果现在就能满足地回顾自己的一生，那有多好。所有该经历的都已经经历，所有该做的都已经做了。很平静，幸福而平静，一天又一天，坐在绿色草地上铺着干净桌布的桌子边喝茶。"

他的话击中了斯通先生，让他猛地跳脱出对温珀的关注而想到自己的过去，那么近又是那么遥不可及的过去。温珀的话非常正确，又非常错误！他几乎觉得温珀的这些话充满了诗意，像一首歌那样留在他心中，而且有一种永恒的力量。

但是一天一天过去，温珀从自信变得心烦气躁。

"我不再是过去的我了。"一天午饭的时候，他说，"从今天起，我要改变。我该如何表明我不再是过去的自己了呢，斯通？"

"这我还真想不出来。"

"一顶帽子，斯通。绅士需要戴帽子，帽子需要绅士戴。看看你，看看那些戴帽子的人。我该去哪里买一顶呢？"

"我的是在邓家帽店买的。牛津街上有家他们的分店。"

"太好了。我们这就去邓家。"

他们穿行在午休时街上熙熙攘攘的人群中，温珀哼着自己即兴编的小调："帽子，帽子，一定要买一顶帽子。"

但等他们走到邓家的橱窗前，温珀突然停住脚步，张大了嘴巴，决心一下子不见了踪影，他完全忘记了要改变自我的事情。

"我不知道，"他嗫嚅地说，"帽子怎么会这么贵。"

他们站住了，背对着橱窗，看着拥挤的人流，直到斯通先生说还是走吧。

有一阵子温珀看上去气色不佳，眼睛凹陷，脸颊苍黄。一天早上，他走进办公室的时候，看起来像是遭了难，生了病。

午饭的时候，他对斯通说："我在她的花园里站了整整一夜。"

这是继那次在酒吧见面之后他第一次提到他的情妇。

"我看到他们在一起吃了晚饭"——想到食物对温珀情妇的功用，斯通先生几乎想要露出笑容来，但温珀显然不是当笑话在讲这件事——"我看着他们，直到他们拉上窗帘。我站着，一直等到他离开。我就这么站了一个晚上。那是地狱般的经历。"

"那个……家伙是谁？"

温珀报出一个过气电视节目主持人的名字，说这个名字的时候，他那种随意的腔调和他提及"情妇"这个词时是差不多的。

斯通先生让自己表现出吃了一惊的样子。但是温珀的骄傲完全被痛苦打倒了，斯通先生非常想安慰他。

他说："我觉得这事就这样了。她听起来是个非常不可信赖的人。如果我是你，我就再也不见她了。"

"那很好！"温珀恼怒地说，"我不会让你再见她了，再也不了。"

从此之后，温珀再也没有向斯通先生提及情妇的事情，也不再向他倾诉或一起出去吃午饭。温珀又变成办公室里那个积极工作、办事有效率的员工，而且行为举止丝毫没有显现出他曾经危险地把自己完全暴露给斯通先生。

∽

危机，或者说是温珀的个人生活危机一点儿也没有影响到他在骑士伙伴项目中的工作。他的思维还是那样活跃，创意不断。他为骑士伙伴们创立了一个竞赛制度。要制定出一套比赛评分系统很困难，所以最终他和斯通先生决定就由他们两人来选择结果。而《听着！听着！》内刊则继续让大家相信，一个精心设计、基于评分制的比赛正在进行中，十一月底的时候，他们还公布了这个奖将由哈里爵士在圣诞圆桌晚宴上亲自颁发。

准备晚宴的过程让温珀非常激动，他想出了很多稀奇古怪的主意，都被斯通先生否定了。他最初的想法，是让骑士伙伴们都穿上某种古代服装。在这个点子被枪毙之后，他又建议晚宴主持人穿上盔甲，不管是真的还是仿制的，侍者们则穿伊丽莎白时代的服装（温珀对中世纪有着浪漫而失真的印象），而且最好有乐师，也穿伊丽莎白时代的服装，演奏伊丽莎白时代的音乐。

"那样的音乐正好。"他说，"你知道吗？叮当，叮当，喔，叮当。我们可以从老维克剧院①借些服装来。"

斯通说他觉得任何正经的餐厅和侍者都不会喜欢那样的安排。

"不喜欢从老维克借服装？"兴头上的温珀有些轻飘飘，"我们不如直接把老维克剧院的演员租来用。"

冷静下来后，他还是恳求让司仪穿上铠甲，门口再安排一个穿铠甲的门卫，并在门庭里摆放一副全套铠甲。他还搞出了用古文体、歌德式字样、打印在类似羊皮纸的纸张上的邀请函。

那天晚上，事先承诺要来的人几乎到齐了，很多人带着他们收到的卷轴式样的请束。在最早到来的人之中有那个寄来二百四十九英镑十七先令五便士半账单的原某部门主管。他进来的时候，脸上带着被深深地冒犯了的表情。但是温珀和斯通先生都没有把他的名字和那件事情联系起来。虽然他们对他皱着的眉头和只伸出两只手指来握手感到有些奇怪，但他们把注意力都放到他带来的女人身上。看来这人又要自取其辱了，因为请束上和关于圆桌晚宴的宣传资料上都写得清清楚楚，活动只邀请男士参加，他却把自己的老婆给带来了。他老婆在和温珀及斯通先生握过手之后，还继续往站满了老年男性的大厅里走。这些老人或着普通西装，或着晚宴西装，安静地分几群站着，显得有些尴尬。温珀立即采取行动。

---

① 英国著名的专演莎士比亚戏剧的剧场。

"女士们请到玻璃房。"他追了上去，拦住继续往前走的她。

领班也得知了这一情况。那位女士被领到同一楼层的另一个房间里。她有些惊讶，但没有抗议。有那么一段时间，她独自一人坐在那房间里。

幸好温珀想到这一招。因为有好几个骑士伙伴（"对于这些杂种你有什么办法呢？"温珀后来这样愤愤地说）把夫人带来了，那间玻璃房里后来渐渐坐满了人。

哈里爵士到了。他的出现让人群的沉默显得深沉而有意义。这么一个矮小但又举足轻重的人物！

大家开始在座位图上寻找自己的座位，各自入座，晚宴开始。时不时有照相机闪光灯亮起，让餐桌旁的人们直眨眼睛。来了好多媒体记者，因为有他们在，侍者都显得很紧张。

晚餐结束，向女王祝福的话也说过之后（"上帝保佑女王。"温珀严肃地说），是哈里爵士演讲的时间了。他从上衣口袋里掏出打印好的纸张，房间里安静下来。大家都知道，他对讲话总是非常认真地进行准备，写下每一个词。在这篇讲话中，他用了最好的言辞来表达他对伊斯卡尔公司的信心。

哈里爵士说，今天聚在一起，是为了庆祝大家的团结，为了表彰大家中的一位。但是，今天的聚会还有着更深的含义。他觉得这证明了三件事情。首先，这证明伊斯卡尔公司对员工的承诺并不因为员工为公司服务的结束而终止。第二，这证明在伊斯卡尔公司，任何有决心和信心的人都能获得提拔，无论年龄大小。斯通先生就是最好的例证。（说到此，人群中响起掌声，斯通先生都不知该把眼睛往哪里放。）第三，这个聚会还证明了团队合作精神是像伊斯卡尔公司这样的机构的核心。这个项目是成功的，这是无可否认的。它之所以能够成功，主要是因为有三个人的努力和信心。如果要向他们表示祝贺，如果排名有个先后——他觉得有先后——那么应该像高卢人三呼胜利那样。斯通先生，祝贺你。温珀先生，祝贺你。

"好了，最后——啊哈！"哈里爵士猛地抬起头，视线从打印稿件上离开，"你们肯定觉得我会说'最后但并不代表最不重要的'！而我要说，最后，也是最不重要的，就是那个让你们重新回到工作中、成为今晚真正的明星的人。"

稍微擦拭了一下湿润的眼睛，他在大家疯狂而热烈的掌声中和"好哈里，老哈里！"的呼喊声中坐下。这场面让众人感受到的集体凝聚力，要比他们在工作时能感受到的更为强烈。哈里一坐下，似乎就被别的思绪打断，对掌声毫无反应，并马上和坐在旁边的人严肃地聊起了其他话题。

下一个讲话的人是温珀。他回顾了竞赛过程，进而说要挑选出获胜者，让他们费了很大的周章。虽然只有一个人获奖，但从某种程度上来说，这个奖也属于每一个人，因为大家今天聚集在这里，正如哈里爵士强调的，是为了庆祝这个集体的胜利。

宴会的高潮来临了。

"安静！安静！"司仪喊道。

房间里安静下来。

"请骑士伙伴约翰逊·理查德·道森，到前台来！"

（授奖仪式和授奖辞都是温珀设计的。）

马蹄状的桌子一端站起一个穿着花呢西装的老人，他戴着眼镜，嘴巴里隐约还在嚼着什么东西。他看起来非常紧张。在上百双泪涟涟的眼睛的注视下，在绝对的静默中，他走到大厅中央哈里爵士面前。哈里爵士再次站起来，从一名侍者手中拿过一把剑，将剑颁给获奖者。一连串的闪光灯亮了起来，这一幕出现在第二天的报纸上：向年度骑士伙伴颁发"伊斯卡尔之剑"。

∽

颁奖晚宴举办的那个星期，正是举办圣诞午宴、晚宴和公司员工宴会的时候。第二天晚上，斯通先生和玛格丽特要去汤姆林森家。斯通先生对这场活动的期盼程度要超过圆桌晚宴。因为他将以私人的身份出现在朋友中间，而这些朋友都没有像他那样看到自己的名字出现在报纸上，而且报上登的照片中可以清晰地看到他。他将以平静的姿态出现在朋友们面前，自然，不傲气，完全没有因为上了媒体而自我膨胀。

斯通先生敢说他和玛格丽特是当晚大家关注的焦点，从他们在门口受到的欢迎，以及托尼·汤姆林森对他们持续的关注就可见一斑。没有人提及照片，他若无其事地和别人对话，谈些不相干的话题。这给了他莫大的快乐。他的动作变得更加缓慢，更加放松。他沉吟着，言语愈发温文尔雅。在决定是喝甜酒还是干雪莉酒的时候，他明显表现得有些过于犹豫不决、慢吞吞的，好像知道自己的这个决定很重要，很多人都看着他。不过，他能感觉到，随着主菜和甜点一道道上来，汤姆林森和他的客人们对这个话题所保持的沉默快要发酵、爆发了。对于先前还积极加入的无关痛痒的谈话，他略略减少了参与度。所以当听到格蕾丝终于把他推到话题的中心时，他松了一口气。格蕾丝说："理查德和玛格丽特能在一起真好，你们说是不是？"

房间里立即里传来各种含蓄的赞同声。

格蕾丝继续说："你们可能不会相信，他们两个就是在这里认识的，两年前刚刚认识。"

"……两年前刚刚认识的。"汤姆林森应和道。

玛格丽特插了进来，抢过话头。

"不过我跟你们说，过去的六个月里，理查德开口闭口全是那些老家伙的事情。如果他再多说一句，我相信我会冲着他尖叫。"她说。

"那，这还是你的不对，玛格丽特。"格蕾丝说，"我们都跟理查德说了好多年了，每个男人都需要有个女人在背后支持他。"

"真是太不能让人接受了！"玛格丽特一边说，一边在坐椅上摇晃起来。每当她冒出一句妙语之后都会这样。

斯通先生看出她是受了温珀的影响，他偷偷环顾餐桌，察看大伙儿的反应。每个人都很愉悦的样子。连那个沉默的首席会计师腼腆而且同样沉默的妻子，尽管脸红红的，而且一直红到耳朵根子，也微笑地看着自己的餐盘。在这个晚宴上，玛格丽特显然占据了话语的主导权，能够畅所欲言。

接下来发生的事情进一步向他证明，他们两个就是当晚的主角。晚宴之后，女士们去了另外一个房间，男士们则站着，没有拿酒杯，也没有抽雪茄，仍旧滑稽地戴着帽子，准备开始聊天。他就是聊天的主导者，储存了一个晚上的快乐现在尽情地从他身体里流淌出来，帽子被向后推，脸上带着恒定的微笑，心不在焉地从严肃的汤姆林森手里接过各类坚果。现在汤姆林森倾听的是他的谈话，汤姆林森应和的是他的言辞。

"那就像一场宗教运动。"他说着，微微踮起脚，两只手都举了起来，将一把坚果塞进了嘴里。

"……是啊，一场宗教运动。"汤姆林森附和着。他在附和别人的时候脸上都会露出一种痛苦的表情。

"为什么不让我们那些退了休的老伙计去拜访我们客户中退了休的老伙计呢，他们说。但是，"他一边挥着一个握满了坚果的拳头，一边咀嚼着，"'为什么？'我说，'这不是为了帮助伊斯卡尔，这是为了帮助那些没了朋友，没了亲人，没了……什么都没有了的可怜的老年人而做的。'"他又往嘴里扔了一把坚果。

"……当然，帮助那些可怜的老年人……"

"当然。"那个首席会计师插嘴道，发音有些含糊不清。他嘴里还含着嚼了一半的坚果，说话的时候他才赶忙把这些坚果往下咽，"好主意是一回事，但也需要好的包装。这就是我想要向你致敬的地方。包装，现在每个人都对包装很有兴趣。"

"包装，当然。"斯通回答道，一时间他有些结巴，但愉悦的心情让他再度滔滔不绝起来，"我们要做的就是鼓励那些老伙计走出家门，到不同的人家拜访。"

"……是的，包装……"

斯通先生还没来得及讲述自己对包装持有的略有差异的看法，汤姆林森已经在招呼大家加入女士们的行列一起谈话。

在女士群里，玛格丽特正在说话："好吧，每当理查德开始消沉的时候（他什么时候消沉过了？），我都这样对他说，'现在这个年纪获得成功，要远远好于在三十岁时的昙花一现。'"

亲爱的狗崽啊！他们何时讨论过这个话题呢？她何时对他说过这样的话呢？

这个夜晚完完全全被快乐充满。如果回首人生，他会发现这一晚就是他人生的巅峰。

# 六

　　离开汤姆林森家，走在空旷、亮着街灯的马路上，斯通先生再也没有讲话的欲望了，只想让自己沉浸在那非同寻常的情绪里。感觉到他的变化，玛格丽特变得沉默起来。随着时间分分秒秒的流逝，刚才笼罩着他的光辉越来越远，好像已然消失，并且如同幻影，再也找不回来。他的沉默渐渐变为一种懊恼，要不是玛格丽特忍不住开了口，那懊恼可能就只能藏在心底，没有爆发出来的理由。上了出租车后，玛格丽特按捺不住沉寂，开始对宴会上的种种状况、言辞发表评论。他晃了下肩膀，这一细微的动作透露出对她的不满，透露出希望一个人待着、不和她接触的情绪。他的反应逼得她再度回归沉默，在那沉默中，两人回到家。所以，这个晚上，就这样以两个人始料不及的结局告终。

随着那光辉的褪去，他越发意识到其非同寻常的意义。光辉无法留存住，每一寸光芒的消退都让人痛惜，让人愈发感慨过往生活的黑暗，惆怅未来将要面对的黑暗。

　　随着圣诞节和新年的来临，又到了一年中最难挨的时节。这是一个休息和祝福的季节，每个人都有更多的时间和自己相处，让日子显得更加漫长。对于假期，他们完全没有计划。他的情绪一直没有恢复过来。他想要再次体验那种被光辉笼罩的感觉，但那感觉愈发虚无起来，因为没有人可以供他发火，他更感到无助、懊丧。在那无助而懊丧的情绪中，他的脑海里一遍又一遍浮现出他当时忽视的细节，那些细节现在想起来真真切切的，如在眼前。这包括哈里爵士的讲话，还有温珀，还有那个首席会计师刻意提及的包装问题——无疑，他是从一些杂志和报纸上看来的。有人把他的创意变成了自己的财富，他们踩在他的背上获取成功。他们从一个老人手里夺取他一生唯一的创意，无视他为此而耗费的心力。就算他死了，那些温珀们和哈里爵士们会继续颁发"伊斯卡尔之剑"。他和他的痛苦都会被遗忘，最多在公司内刊上登则小讣告，从此销声匿迹。

　　在节日的气氛中他暗自懊丧着，感觉孤独无助，而且，他对玛格丽特什么都没敢说。觉得她会认为他不可理喻，怕她会对此不耐烦——他肯定她会站在温珀们和哈里爵士们的立场上，为他们辩护。那晚笼罩着他的光芒就这样消失殆尽，只剩焦虑、愤怒和怅然若失。任何人提及他的成功，只能让他感到现在这样的空虚。"和我没有什么关系。"他回答，这种谦虚，虽然是应有的得体姿态，却隐藏着已然转化为懊恼的酸涩。

汤姆林森家的宴会过去不到一个星期的某天晚上，夜挺深了，电话铃突然响起，打破了屋里的静谧。玛格丽特摘掉眼镜，出去接电话。门厅里断断续续传来她说话的声音，但听不真切。

门开了，玛格丽特走了进来，他感觉发生了什么大事。

"格蕾丝的电话。托尼死了。"

他慢慢放下烟斗。烟斗落在桌面上轻微的啪嗒声，他听得很真切。

"八点半的时候他还在看电视，九点就死了。"

托尼！那个频频出现在他对那晚的回忆中，那个如此活生生、十足完整的托尼！

玛格丽特走到他椅子背后，用胳膊环住他的脖子，把脸搁在他的头顶。这举止是戏剧化的。他很感激她能这样做，但这并不能给予他慰藉。

他走进书房。里面非常冷，他打开电暖炉，坐下，看着电炉的光亮越来越刺眼，电炉罩栏上的灰尘烧着了，燃起小火焰，发出灼烧的气味。

楼下，玛格丽特在打电话。

"八点半的时候他还在看电视，九点就死了。"

新一年的到来或许能让他消除恐惧疑虑，恢复信心，斯通先生这样想。但事实并非如此。一切照旧，没有能够让他兴奋或者专注的事情发生，他做的大部分事情是日复一日的简单重复。他拒绝和温珀讨论圆桌晚宴，那是很多个星期前的事情了。现在，以他的新眼光，他觉得自己更清楚自己所处的位置。他在这个办公室里和在图书室里没有什么两样，是个温和亲切、快要退休了的老头，没有什么特别的重要性。他注意到在危机发生的时候，员工们的第一反应是找温珀，因为温珀遇事反应快，能从纷乱中找到解决之道，这已经是众所周知的了——"女士们去玻璃房"成为办公室里流传甚广的故事。尽管大伙儿未必喜欢温珀，但温珀总是受到尊敬。他还意识到，他负责分管的骑士名单和账户监控，实际都是没有什么风险的工作。他已然沦为一名普通员工。但是对这些状况，他也无可奈何。他的头脑没有温珀活跃，想不出新的主意，也无法处理公关事务——而这方面的工作正在整个部门占据着越来越重要的地位，因为温珀对此特别擅长。在办公室里他变得出言暴躁，行为粗鲁。为了一个波兰裔的打字员，他还和温珀公开吵了一次。

这个打字员常常把字拼错，穿得又邋遢，而且在他眼中，她的举止相当无礼，他和她当众发生了争执，他骂她是"集中营"里出来的。事后，他坐在办公室里为自己的言语懊恼时，温珀怒气冲冲地闯了进来。这个在午休散步时总是满怀感慨地说"外国人把我们这里都给占了"的温珀，此时恼怒地瞪着眼睛，嘴唇在颤抖。他的表现从头至尾都非常戏剧化，一副正义凛然的样子。"我有没有听错，斯通？""你敢再这样对我们的员工讲话吗，敢吗？"斯通任由他发泄，但并没有被吓倒。他想到那个姑娘可能是温珀的新情妇，想到各种回敬的言辞。但他脑子还算清醒，忍住了，什么都没有说。

但是第二天，报复的机会就来了。在一封写给一个颇有地位的骑士伙伴的信中，那个姑娘错把"itinerary"打成了"artillery"①。他没有直接向她指出这个错误，而是在那个词后面打了一个星号，并加上了这样一句评语："我没有修改此处，因为通过这个例子，我想你会发现这个打字员的拼写水平很有意思。此处的这个词，显然应该是'itinery'。"这个玩笑开得相当失败。留言是他在快下班的时候写的。如果换作在早上，他的头脑可能会清醒一点儿。两天之后，回复来了："打字员的拼写水平确实需要改善，但你写的'itinery'我想应该是'itinerary'吧。"这件事情的发生，一方面让他就此记住了这个单词到底该如何拼写，另一方面让他隐约觉得这是上天对他的惩罚。他偃旗息鼓，不再和那姑娘对着干了，也失去了要在办公室里树立权威的紧迫感。

---

① itinerary 意为"行程"，artillery 意为"火炮"。

他和温珀的关系变了。温珀现在和他相处完全是一副公事公办的态度，由于两人在办公室里职权范围各不相同，这种态度更像是漠视。因打字员而引发的冲突并不是真正的原因。似乎是在圆桌会议之后，温珀对骑士伙伴项目渐渐失去了兴趣，对斯通先生也失去了兴趣，这可能才是真正的原因所在。让斯通先生最难堪的是，虽然温珀对这个项目的兴趣越来越淡，他作为其代言人的名声和权势却与日俱增。

办公室一度成为他兴奋的所在、力量的源泉，但现在，他又开始把精力转向家庭。在家里，他重新感受到一些在办公室里无法体验的感觉：重新装修过的房子、尊卑秩序、米林顿小姐宣布开饭而敲响的铜锣声（这套程序花费的时间越来越长）、玛格丽特张罗的晚宴。

温珀还参加这些宴会，但出席的频率日趋降低。现在的宴会上有一个新的常驻人物：格蕾丝。玛格丽特接待她的热情态度一如格蕾丝以前对她。格蕾丝像曾经的玛格丽特那样，蜕变成一个容光焕发的寡妇。一开始的时候，她形容憔悴，两眼泪汪汪的，脸上挂着勇敢而悲伤的笑容。但这个憔悴的妇人，在冬天的凄风苦雨中，却一周比一周神气起来。悲伤渐行渐远，直到有一天突然踪迹皆无。她的先夫身材单薄，她似乎也像他那样越来越枯槁，但不知是什么时候，消瘦的过程突然停止了。那张全是皱纹、憔悴的脸庞逐渐饱满起来；松弛的脖颈似乎也挺拔了些；眼睛变得明亮；一贯低沉的声音，变得更加低沉，语调则越来越振奋。她的行为举止中，多了一种自由感，好像是从某种枷锁中挣脱了出来。过去，她满足于坐在某个不为人注意的角落，蜷缩着，很倦怠的样子。讲话的时候拖拖沓沓，常常重复丈夫的言辞，偶尔暴露出一口非常白的假牙。现在，她的言行中多了活力、敏捷和独立。发型也变了。而且，这位老太太的身上开始出现各色新服饰，一开始的时候还只有玛格丽特注意到。玛格丽特觉得，如果把这个发现讲给斯通先生听，对格蕾丝来说是不公平的，是对她的背叛。玛格丽特按捺住不说，反倒是格蕾丝自己嘴不牢，提了这一茬。那是一个周日的下午，格蕾丝一身新装出现在他们家门口，两个老妇人相见，都神情黯然，但一个透着勇敢，一个透着严肃。斯通先生给了她们孩子气的拥抱，让这两个人都吓了一跳。

然后，有整整十天时间，格蕾丝没有来拜访他们。她再次出现的时候，身体看上去颇健康，但神情却充满哀伤。她说她去了次巴黎，说这次出行的部分原因是觉得心烦意乱。那天中午她走在邦德街上，正好看到了法国航空公司的办公楼。冲动之下她走了进去，询问当天飞往巴黎的飞机是否还有座位，一副火急火燎的样子。她订了机票，付了钱，然后扬手招了一辆出租车赶回家取护照，再乘出租车冲到银行，兑换好旅行支票。匆匆赶到西肯辛顿航空中心，再晚几分钟就赶不上机场大巴了。整个过程中，她不再是她自己，好像发了疯一般。但奇怪的是，这次出游并没有给她带来多少快乐。她给玛格丽特带了一样小礼物：一瓶卡纷出品的香水（一套三瓶装的香水中的一瓶，是在回程的英国欧洲航空公司的飞机上买的）。她还买了不少东西，因为在匆忙之中，她没有带够所需的衣物。有些她穿了来，还有些小件的衣饰她带来给玛格丽特看。玛格丽特说了些赞赏的话，但随着展示的持续口吻显得越来越勉强。

这是格蕾丝第一次失踪。三月中，她再次失踪，从地中海的马略卡岛回来后，她皮肤被太阳晒得黑黑的，两颊饱满。她对斯通先生说："总得做点什么，对不对？"

到了后来，就连一直对她很贴心的玛格丽特也有点看不惯了，尽管有礼物可收。斯通先生一开始对此事装聋作哑，后来就在背地里明确地表示坚决反对。但两人都不敢挑明了对她说，因为每一次出逃回来，格蕾丝都巴巴地期望能得到他们的支持，那种期望之情一次比一次强烈。

托尼这个名字再也没有被提起。一开始的时候是因为怕提了有人受刺激，后来，好像是格蕾丝拼命要忘却他的努力奏效了，他真的被忘记了。

有时候，斯通先生发现自己被女人包围了：玛格丽特、格蕾丝、奥莉薇、格温、米林顿小姐，而这些女人都活在某个男人已经死去或者缺失的世界里。

冬天还笼罩着大地，但是春天不远了，早晨的阳光一天比一天强烈。阳光斜斜地穿过黑色的树枝，落到隔壁人家外屋的屋顶上，留下浅浅的光影。一天早晨，斯通先生看到了他的宿敌，那只黑猫。它在睡觉。在斯通先生的注视下，猫醒来了，它慢慢悠悠、舒舒服服、笃笃定定地伸了个懒腰，然后站起来。这一刻，世界也好像从冬天里醒来了。之后这只在阳光下醒来的猫昏昏然、慢吞吞地踏在隔壁男人建起的、将外屋和栅栏相连的板上（搭这块板可能是为了防止栅栏坍塌，也可能是防止外屋坍塌，或者是为了让两者能够互相支撑），向栅栏方向走去。沿着开裂的栅栏，猫一直走到后院，然后轻轻一跳，落到隔壁女子学校的操场上。它在潮湿的草地上悠闲地踱着步，时不时停下来张望一番。可能觉得没什么意思，它又返回自家荒芜的花园，舔自己的毛皮。它抬起头，正好和斯通先生四目相对，同两年前的那个夜晚在台阶上遭遇斯通先生时一模一样。他敲了敲窗子。猫转过身子，走回栅栏后边，在一个空隙里坐下，伸长脖子看着操场，留下一个背影给斯通先生。

对斯通先生来说，这只猫的出现意味着冬天的结束。以后的每一个早晨，他都看着它舒展身子站起来，然后毫无目的地在花园和学校操场逡巡。他对这只猫的敌意早已消失，只会在玛格丽特讲述的、几乎已经被遗忘的故事之中出现。现在，他不仅沉迷于它悠闲而高雅的态度，更为它的孤独倾倒。他开始感觉这只猫每天早晨也在看他，就像他看它一样。有一天早晨，他在窗上轻敲几下之后，那猫并没有转身走开。所以，他养成了每天都在窗子上轻敲几下的习惯，那猫总是对此有所回应，抬起头向他投来茫然而耐心的注视。他还和它玩起了游戏。他敲敲玻璃窗，然后蹲下来躲在墙后，又突然站起。"我真像个老疯子。"他有时候这么想。他也确实差点被逮着，一天他正敲着窗子，搞出各种声音，试图吸引猫的注意力的时候，传来了玛格丽特的声音："你在干什么呢，狗崽？再不抓紧就要迟到了。"

她最近常常抱怨的一件事情就是他太拖沓了，简单的事情也要磨蹭半天才能做好，他的磨蹭已经逐渐演变成丢三落四、心不在焉。

在日渐和煦的阳光中，每天早晨他和猫交流的时间越来越长，使得他对春日的迹象更加关注。原本只观察学校操场上的那棵树，现在上班路上他开始留心每棵树、每片灌木丛的变化。他对报纸上的气象预报栏目产生了很大的兴趣，开始研究温度的变化、日出日落时间的变化。尽管每个白天感觉还是那么短暂，下午又常常被雨雾笼罩，但他注意到报纸上公告的日照时间一天比一天长了起来。他还注意到春天的临近对街上和地铁上的人产生的影响，对报纸广告内容产生的影响，甚至是对报上刊登的读者来信的影响。他特别记住了一封信，它刊登在一份他常常在办公室里阅读的、发行颇广的报纸的读者来信专栏上。写信的是个姑娘，她特别在自己的姓名后加了括号，说明她今年十六岁。她强烈谴责男人在春天里的行为表现。她说男人注视姑娘的目光是如此"饥渴"。信的结尾，她忿忿地写道："有时候，我真想回敬他们一个大白眼。"这真是一封让人非常愉悦的信。它充分说明春天来了。

&

斯通先生继续观察着时节的变化，却无法融入其中。这有点像他的"成功"，在成功的巅峰，他感到了疏离，想到的只是迫近的空虚和黑暗。不久之后发生的一件事情，更证实了他的想法。当年七月，他就该退休了，他开始拐弯抹角地询问是否有可能延迟自己的退休时间。至于为什么要延迟退休，他也说不清楚，或者是因为他停不下来，或者是害怕从此只能在家待着，或者是因为如果有更多的时间他保不准还能干点像样的事情出来——一件真正能够让他得到满足的事情。但他的请求，就像他一贯在公司遭遇的那种态度，被打马虎眼、敷衍了事，要么说他已经工作得够辛苦了，要么开玩笑说他肯定会被任命为骑士伙伴，而且很有可能在来年当选为"伊斯卡尔之剑"的获得者。

他并不欣赏这样的笑话。这加深了他对日常工作的痛恨，加深了他对温珀的不满。奇怪的是，温珀突然收敛了，公事公办中带上了一种随性的态度，斯通先生自觉这些他都能看穿，尽管这样，他依旧恼怒于温珀。这加深了他的失落感，让他更焦躁、易怒，这些都是那个光辉之夜留下的后遗症。

春天过去了就是夏天，就是退休，就是温珀说过的："很平静，幸福而平静，一天又一天，坐在绿色的草地上铺着干净桌布的桌子边喝茶。"

玛格丽特已经开始为这样的日子做准备。她说他们需要安排各种活动，不能无所事事。她已经在计划出游、拜访，格蕾丝对此提出了很多建议，还说她或许能够陪他们一起出行。但是，有一个先决条件很清楚，无法避免：米林顿小姐必须辞退。在过去的几个月中，老太太明显衰老了，行动愈加迟缓，这或许和近来派给她的家务大大增加，而她又一律照单全收有关。尽管她依旧非常尽心，并且竭力隐藏起身体的衰老，但再好的制服也不能把她装扮成一样值得炫耀的装饰品，她的状态连作为一个老帮佣偶尔出来搭把手也不行了。行动于她几乎是痛苦的挪动，而且越来越明显地，她的身体开始有味儿了。在她曾经做出无人可以效仿匹敌的炸薯条的厨房里，她常常莫名地睡着了。一天，她不小心把那面锣砸到自己脚上。锣被砸扁了，对此她极力表示抱歉，对自己的身体因此受到的伤痛则只字不提。但她的脚肿着，并且一直肿着。她的肉体一天天败给衰老。有一次，她把汤汁滴到了福利部一个高管的夹克衫上，然后在本能的反应下，她颤巍巍想去擦拭，结果却把剩下的汤都倒在那人的腿上。

还有一次，她差点让玛格丽特丧命。玛格丽特摇着铜铃铛召唤她。当时正在楼上主人书房里的她拖着脚步走出房间，出现在楼梯旁，手里拿着一把切面包的刀。她在那里拿着面包刀做什么？原来这个老太太几分钟前在楼下厨房里给主人备茶的时候，用这把刀做了三明治，然后忘了放回去。就在玛格丽特在楼梯下抬头看她的时候，刀从她手中掉了。那刀顺着刀把的重量，直直飞下来，落在离玛格丽特仅两英寸的地方，刀尖深深插入放电话的小桌，刀背颤抖着，好像专业选手掷出的一般。玛格丽特站着一动不能动，也不愿意去碰触那把刀。米林顿小姐一步步从楼梯上挪下来，一边喘息一边嘟嘟囔囔，说着谁也听不清楚的抱歉和自责。就在这时候，门铃响了，惊魂未定的玛格丽特给斯通先生开了门。斯通先生看到电话机旁那把还插着的面包刀，像是某个地下组织的秘密标识一般。

所以，米林顿小姐肯定得走人。但如何解雇她，还需要商议。这让玛格丽特品尝了权力的滋味，并且感受到美好的同情心。过去，她们两人暗暗站在同一阵线，把家里不好的事情遮掩过去，瞒过主人，现在玛格丽特试图把斯通先生拉入她的阵线，秘密商量如何把米林顿小姐解雇了。但他没有兴趣参与，好像很不愿就此事作出什么决定。所以玛格丽特只能向格蕾丝倾诉。经常，一等米林顿小姐走出房间，两个女人就开始历数这个老仆人的不是。她们一致认为，虽然她挺可怜的，但必须硬起心肠来辞退她。米林顿小姐再走回房间的时候，她们两个就突然停止谈话。有那么一刻，两个人都看着米林顿小姐，看着她苍白、肿胀的娃娃脸，套在发套里的发髻和长裙。然后，玛格丽特突然开口，指派她干活的声音会显得特别响亮，好像是在指挥动物做个什么表演一般。而这个老妇人，像嗅到了屠宰场气息的动物一般，喘着气，用含混不清的言语上气不接下气地回应，试图证明她还是有行动能力的，还是有用的。但是她的这种努力，似乎是针对格蕾丝，而不是玛格丽特所做的。格蕾丝那张被太阳晒成棕色的脸似乎在微笑，随即露出满口的假牙。

有一天玛格丽特出门去了。她和格蕾丝去买打折商品，类似这样的购物对她们两个来说越来越重要了。只剩斯通先生和米林顿小姐在家。他宣布要上楼去书房。其实在办公室里他可以轻易把这些事情做完，但还是存心留了一点儿回到家里做，好像期望在那间书房里，在那张随玛格丽特而来的书桌前，在那圈温暖的台灯光晕下，能够重新找到曾经让他数夜挑灯疾书的热情和动力。

在书房里，他隐隐听到楼下有嗡嗡的说话声。他喊了一声"米林顿小姐"，但是那嗡嗡的说话声并没有停止。于是他打开书房门，走到楼梯栏杆处往下看。

是米林顿小姐在说话。他看到她坐在楼下门厅里电话机旁的一把椅子上，正拿着话筒讲话。她语气鬼鬼祟祟的，可能觉得自己是在耳语，其实却是上气不接下气地大声嚷嚷，声音在门厅和楼梯间回荡。她穿着白色的围裙，头巾摘掉放在桌子上，他可以看见她灰色的头发上罩着的发网。

"她觉得我要谋害她，"她说，"用那把面包刀。她没有这么说。但我知道她就是这么想的。接下去她就该说我偷东西了。就好像她有什么值钱的东西好偷一样。我想她是疯了。主人？他变得很奇怪。老实说，我不知道这个家怎么了。我觉得发生了这么多事情，我再也待不下去了。"

她在和谁说话呢？在这个大都市的茫茫人海里，米林顿小姐能向谁倾诉？谁能让她如此敞开心扉？谁能给予她安慰？她在这个家以外的生活——她同艾迪和查理的关系，"刚刚装修完一家卖鱼的店"，那些她给买了糖果送去的孩子，她偶尔去拜访的住在凯姆顿镇上的侄子——他知之甚少。现在，这让他感到很悲哀。但更触动他、并让他心里感觉暖烘烘的，是这个老太太因受伤而表现出来的尊严，他和玛格丽特以为她早就没有对尊严的需求了。

他能够说的只是："米林顿小姐！米林顿小姐！"

但她除了自己的讲话声，什么都听不见。

他往楼梯下走，一边走一边继续大声叫着她的名字。直到他走到楼梯一半的时候，她才抬起头来，脸颊上挂着干了的眼泪，那因情绪激动而涌出的眼泪，此刻更像是一种老态龙钟的表现。她完全没有意识到自己的话被听到了，脸上也丝毫没有露出被抓个正着的神态。

"是的，先生。"她对着电话说，然后继续用那如同耳语般的轻柔语气说，"我现在得挂了。"似乎还需要保密一般，她紧抿嘴唇，轻轻把话筒放回电话机座上，话筒随之发出轻轻的震荡声，让她把嘴唇抿得更紧了。

他说："我在想斯通太太怎么还没有回来。"

他还能说什么呢？

米林顿小姐本能地、敷衍地用放在桌子上的头巾掸了掸灰尘，回答道："哦，这些特卖会你是知道的，先生，而且汤姆林森太太陪着她呢。"

∽

玛格丽特有时候会和格蕾丝讨论斯通先生退休后移居乡下的事。她其实并不想那样做，她从来没有和斯通先生说起这一茬，但她觉得这样的谈话是适宜的。这个话题让她可以和格蕾丝讨论他们所住街区的变化，那些让她感到非常无助的变化。其实，变化已经有些时候了，在玛格丽特搬进门之前，这个街区就已经在变。过去，这里主要居住着上了年纪的和那些生活已经安定下来的人，现在越来越多的新婚夫妻搬了进来。走在街道上时，常常可以看见婴儿推车。独栋的房子被改成了公寓式的。引人注目的红色、白色和黑色的"出租"、"出售"的牌子，出现在围栏上的频率越来越高。有些房子的花园里几乎终年插着这样的牌子，因为这些房子不停地在换手交易：炒房人介入了。艾迪和查理——就是"艾迪·毕奇和查理·布莱恩特，建筑和装修"的那两个人——现在在街上常常可以看见，他们戴着灰色的帽子，穿着白色的工装裤，红彤彤的脸蛋笑呵呵的，他们不是在刷这堵墙，就是在修补那家的房子，或是透过没有挂窗帘的窗户看见他们在搬得空荡荡的前屋忙碌。有一户十分体面的牙买加家庭搬进了街区里的一栋房子。（他们不接待任何黑人访客，他们的出租房也不接受黑人租客，此外他们还养了一只相思鹦鹉。）艾迪和查理迅速帮这户人家重新粉刷了房子，里里外外的。那房子鲜亮的红砖、黑色的尖顶，好似在无声地谴责周遭的破败。

在这种乱哄哄的状态下，隔壁人家决定搬家了。玛格丽特向斯通先生通报了此事。她说那座房子对米德格里一家来说太大了。她不仅知道了隔壁人家的姓名，还讲得出米德格里太太说了些什么。尽管有那只黑猫和荒芜的花园，她们两个现在似乎挺友好的。她说他们准备搬到一个新的小镇上，玛格丽特说，就街区而言，他们会感觉那里"更舒服"。

对斯通先生来说，米德格里一家仍旧是新来的——知道了他们的姓名让他略有不快。第二天早晨，看到那只坐在栅栏间的黑猫，他才真正意识到这个消息的重要性。黑猫的背影似乎透着无聊，它在等着那些早到学校的女生。随着天气转暖，她们逐渐移到了操场的这一边活动。

早饭的时候他说："那，我想我们很快就看不到那只猫了。"

玛格丽特回答说："他们不准备要它了。米德格里太太告诉我的。"

他继续用勺子吃着鸡蛋。

"还是只小猫咪的时候，孩子们都还挺喜欢它，但是现在没人喜欢它了。米德格里太太告诉我的。"她似乎是在模仿米德格里太太的语气，话语里藏着某种骄傲。"亲爱的，他们说它是这条街上母猫群里的恐怖分子。"

他每天早上和这只猫之间的游戏，现在带上了新的含义。猫在每天早晨的阳光里醒来，依旧那么优雅，猫性十足，但似乎又知道了什么，似乎在等待死亡的降临。他很希望看到它行使那些本能，希望那些本能没有因时间的流逝而消退，这似乎能给予他安慰。他敲打着窗户，那猫依旧灵敏地作出回应。他研究它的身体，看着它安稳自信的步态，注视着它明亮的眼睛。他心生愤怒和怜悯。那愤怒模糊而散漫，偶然泛起，并且是因为他想到了米德格里夫妇和他们烦人的孩子。那怜悯就像爱，一种想要去拯救、去保护，一种追求延续的欲望。但同时，他又倦怠而懒散，没有足够强大的行动力。而且他爱的冲动只局限于在卫生间内，出了卫生间就没有了。

他更加注意街上的猫群，想要找出受到这只黑猫侵扰的母猫。他发现那些猫在临街的窗台上、栅栏上和台阶上，都显得那么沉静，而当它们出现在后花园时，便变得轻浮狂野，随心所欲，这些动物在街上和在后花园里有两种完全不同的行为模式。他也开始注意寻找那黑猫的子嗣。有一只他觉得肯定是的，那猫也在学校的操场上悄然潜行，也是黑的，但毛更浓密，更焦躁不安。

　　他也像米德格里夫人一样为这只猫骄傲，他总能从这条街上所有的猫里辨认出他的黑猫，这只每天早上安静而期待地等着他的黑猫。慢慢地，他一开始感觉到的愤怒和怜悯——"你很快就要死了。"——变成了一个空洞的语句，他需要努力思考才能去体会其含义，因为这句子只让他感到单纯的、甜蜜的、稍纵即逝的哀愁。在那哀愁里，被哀愁的对象不见了。他需要四下寻找才能再度体会到那哀愁，起初他还拒绝这个想法，但后来就带着悲哀满意地接受了："你很快就要死了，就像我一样。"此时，春天的绿叶已经长得很蓬勃了，夏天很快就要来了，他感觉自己被排除在这个轮回之外，而一年之前他还认为自己的身心必将随着季节变换而愉快地进入夏季。

　　因为如此专注，他几乎没有注意米德格里一家为搬家而做的准备工作。其实，也确实看不到什么。在玛格丽特宣布这一消息后不久，米德格里家的前屋就基本搬空了，窗帘卸下，露出空荡荡的房间，只留着一些孤零零的家具木档和一张破破烂烂、满是污渍的床垫。这房间让人感觉这栋房子已经没有人住了，和前花园一样。米德格里夫妇不爱侍花弄草，园子里只有一株孤零零的玫瑰。玫瑰尽责地开出白色的花朵，在荒芜的花园里显得格外纯净和美丽。近些日子的傍晚，这个花园里总能出现一群猫，它们好像已经感觉到这房子就快被遗弃。它们端着在前院里那种沉静的架子，但是它们的数量、在废墟中静默而团结的架势，以及那警觉的姿态，让斯通先生惶惶不安。他用了各种无声的办法想要赶它们走，但它们完全不予理睬。

一天下午，他拎着新公文包走在回家路上，注意到街上有只猫的行动非常古怪。那是一只棕色花纹的白猫。它焦躁不安地在花园里走来走去。它的肚子很大，还时不时在空中跃起，像是在跳某种极度痛苦的舞蹈。斯通先生被这只猫的疯狂劲儿吓到了。他试图吓唬走它，但他的动作在旁人看来或许只是夸张地把公文包从一只手甩到另一只手里。奇怪的是，那猫停止了疯狂的举动，跳过栅栏，逃走了。

他没有多想此事，直到第二天早上，黑猫没有出现在对面屋顶上，任他呼唤也不见踪影，他才意识到那只黑猫、那只活生生的黑猫，已经被杀掉了。

对此他没有丝毫的愉悦。他被恐惧笼罩。他内心里充满了对自己的厌恶，而且，让他没有想到的是，他感到了恐惧。恐惧让他胳膊上的汗毛直竖。卫生间里每一个惯常而熟悉的举动都变得毫无意义，好像是他在拿自己开玩笑。剃须刀碰到下巴，毛巾擦拭脸，让他感受到的都是责备和惶恐。他不敢去碰任何东西，也不敢让任何东西碰到自己。

"快点，狗崽。你就要错过头条新闻了。"

他正拿着毛巾，看着镜子里的自己。

早餐的时候，玛格丽特讲了她的计划。既然米德格里一家搬走了，她决定在新邻居搬进来之前，过去把栅栏推倒。要推倒栅栏并不是什么难事，这样一来，新邻居搬来之后，就不得不去修补那栅栏了。

∽

差不多四个星期之后，一个周日的下午，他们正在自家花园里。斯通先生在种花。玛格丽特在一旁监督、鼓励——男人就该从事园艺劳动——家里的其他事情都停了下来。米林顿小姐拿着一盒子牵牛花的种子，那是玛格丽特前天早上买的。与其说这种子是为斯通先生买的，不如说是因为那个在门口叫卖种子的人，看上去又老又可怜，让玛格丽特动了恻隐之心。斯通先生蹲在地上，像螃蟹那样横向沿花圃慢慢移动。他后面亦步亦趋跟着米林顿小姐，她像一个护士递手术工具给外科医生一样，把一小盒一小盒的花种子递给斯通先生。这个可怜的老妇人，再也看不到这种子发芽开花了。她还不知道，再过两个星期，她就会被辞退了。种花的时候，他们两个之间的对话主要是关于那只刚成年的黑猫对花园的破坏。它是那只被杀掉了的黑猫的后代，像是继承了父辈的习惯。米林顿小姐在这个话题上言辞激烈，玛格丽特远远地看着她，目光含着冷冷的赞同、鼓励，同时掺杂着惊讶、嘲笑和遗憾。

　　两人之间的对话拘束而不自然，大多是米林顿小姐在说。部分是因为米林顿小姐自身的问题，部分是因为他们都意识到了几步之外就是新搬来的人家，对这户人家的陌生感和紧张感都还没有消除。对斯通先生来说，新邻居的出现自动把隔壁房子变成了敌对区域。在卫生间窗口，他安全地观察着外面的每一项变化，内心不满极了。而他的邻居，隔壁房子的新主人，也同样地对他们不满。他皱着眉头在花园里走来走去。那是一个肥胖、秃头的矮个子男人。他抽着烟斗，穿着马甲，袖子捋起来，在花园里踱步。斯通先生觉得他和他的狗一样让人讨厌。那是一只杂种的威尔士矮脚狗。那狗胖得像根香肠，好像整天在睡觉，洗得有些过分的白肚子在阳光下亮得晃眼。有什么动静时，它只是敷衍地抬一下头，然后又趴下：前院依旧是猫的天下。玛格丽特以前埋怨米德格里先生不像个男人，在花园里完全没有作为，现在面对这个新主人翻修的热情，她同样陷入懊恼的状态。新主人入住没有几天，那两个叛徒，艾迪和查理，就被召了过来，快乐地在屋里屋外忙碌起来。他们建起了崭新的、笔直的栅栏，这么一来，斯通先生家的栅栏就显得饱经风霜，有些寒酸了。特别是他们家后院的栅栏，因为被隔壁学校操场上那棵树的树根顶着，看起来东倒西歪的，简直有些丢脸。

　　就这样，在感觉怪怪的后院，斯通先生正播撒牵牛花的种子，米林顿小姐在谈论黑猫，玛格丽特则小声评价着邻居没有给栅栏上松油是多么愚蠢的做法。蹲在黑暗中，花垄边的斯通先生开始絮叨起来，有一搭没一搭的。他说日子一天比一天长了。他说等天热了，下午的时候他们很快可以在那棵树的树荫下乘凉了。他还谈论了那些花。

淡淡的阳光慢慢被黑暗逐走。周围邻居的房子里亮起了灯光，学校操场对面"老怪物"和"雄性男"的家中也打开了灯。

"你们不觉得吗，几天前那棵树还是光秃秃的，还有那株大丽花，整个冬天就像是死了。我的意思是，你们不觉得我们也是这样的吗？我们也会有自己的春天？"他说。

他停了下来。四周静默。他们的周遭模模糊糊的，唯有窗子亮着。他刚才说的那些话还在脑海里回旋。她们让他感到尴尬。她们的沉默让他感到尴尬。米林顿小姐还拿着那只空盒子。他站立起来，掸了掸手上的尘土，说要进屋去洗一洗，然后就从后门走进了黑黑的屋子里。

他听到玛格丽特说："米林顿小姐，你刚才听到主人说了些什么吗？你怎么想？"

他放缓了脚步。

他听到米林顿小姐说："这个么，嗯……"这老太太委婉地发出了一连串没有任何意义的喘息。

他继续往屋里走，上了楼梯。身后屋里的灯亮了，然后是双脚在门口踩着门垫发出的声音，接着传来玛格丽特的声音，用的是她在宴会上讲话的腔调：

"咳，我觉得他那都是在胡扯。"

∽

十二年前的一个周日，当时奥莉薇还住在巴勒姆，斯通先生去那里同她与格温喝下午茶，格温当时只有六岁。喝茶前发生了一个小插曲，让他领教了喝茶在她们生活中的重要性。当时他们一起在克莱芬公园散步。四点的时候，奥莉薇说他们该往回走了，他说还可以再走一会儿，因为带她们俩出来让他觉得挺愉快。"要走你自己走，格温一会儿就该想喝下午茶了。"奥莉薇回答他。她语气生硬，像被惹恼了似的，斯通先生觉得自己的一片好心被误解了。这个插曲让他对那个"想喝下午茶"的胖孩子更敬而远之。和奥莉薇、格温一起喝下午茶就这样变成了一桩让他感到惶恐的事情，特别是在奥莉薇"为了孩子而活着"的日子里。斯通先生觉得她面对生活，过于勇敢了。

所以在巴勒姆那个家的午茶桌旁，斯通先生很拘谨。奥莉薇则全身心地、快乐地把全部注意力都放在无所顾忌的格温身上了，侍候她吃，偶尔责备几句。（奥莉薇对午茶仪式相当满足，而政府也够体贴的，给格温这样的孩子提供的食物有：牛奶、橙汁和鳕鱼肝油。她像领圣餐一般将这些食物取出，分派好。）终于，喂食的过程结束了。奥莉薇注意到他的沉默，便建议他给格温讲讲他刚去过的爱尔兰的经历。

在取悦格温这件事情上他输得很惨。他知道小姑娘会用奥莉薇让他做的事来琢磨他，因为她正处于那个阶段，学校老师和寡居的母亲联合起来不许她干这不许她干那，所以她对生活中出现的人的评价，便是根据他们能否和小孩子"相处"，特别是和她相处来定论。

奥莉薇清理完桌子，在棕色的扶手皮椅（她的典型的家具）上坐下，拿出毛线织了起来——奥莉薇多么勇敢地让自己显得上了年纪啊！他以前见过她手拿毛线针织毛线的样子吗？——斯通先生把格温抱起来坐在他腿上，痛苦的煎熬开始了。

他开始讲述他坐火车和大轮船的经历，尽力从孩子的眼光去看、去描述。他绘声绘色地形容轮船的体积，觉得自己讲得很不错。然后，他讲到了第一眼看到科夫的情形。那是一个雨雾蒙蒙的早晨，在一个刚露出一点儿新绿的小山头，出现了一栋高高的、白白的楼房，好像童话里的城堡。他觉得这样的描述会让一个孩子着迷，而他自己也仿佛回到了那个时刻：黎明时分，飘着细雨的船舷边，躁动的、灰色的大海，穿着油布衣服的渔民，海浪里颠簸的小船，雨幕雾帘中彼此不分的大海、陆地和天空的交汇。

"多愁善感，太过做作了。"奥莉薇最后评价道。

她说得不无道理。站在黑暗的卫生间里，看着周围的房屋在昼夜的转换之间纷纷亮起了灯，他又体会到了多年前那一刻的感受：心底里那些最纯粹的感觉，原本都不应该说出口。

"咳，我觉得那都是胡扯。"

当然，玛格丽特是对的。

那些最纯粹的感觉都不应该说出口。现在他看清楚了，在那个让他如此加倍烦躁的骑士伙伴计划中，最纯、最真的时刻出现在他在书房里奋笔疾书时，只有在书写的过程中，他才能体会到情感的深度。书写的结果不过是情感微弱而不自然的表达，部门执行的也不过那个影子的影子。他的热忱完全消失了。"马斯韦尔希尔的囚犯"事件的出现，已经是一种提醒，只顾项目的实施和成功，同他的初衷是背道而驰的。他所做的一切，就连他现在感受到的心神不宁，都是对最初那种美好情感的背叛。所有的行动，所有想出来的花头，都是对那情感和事实的背叛。在这个背叛的过程中，他周遭的世界也破碎了。这又提醒他，在这个世界上他其实一无所依。

∽

正如没有跟上季节的转换，斯通先生也不再顾及办公室的日常工作。这一切对他来说都已经没有什么意义了。很快，连他这个人都将不在办公室里存在。刚开始的时候，他还有坏脾气——"你为什么要问我呢？你为什么不去问温珀先生呢？"对于他这样的反应，那个穿着荒唐、来自约克郡的荒唐小伙子暗地里偷笑，并向其他同事汇报说"老爸"今天早上心情不好。这个愚蠢而普通的绰号是这个愚蠢而普通的小伙子想出来的，并且成功地在办公室里普及。现在，他已经没有了脾气，有的只是倦怠和无所谓，最后仅剩对办公室的厌恶，也像是恐惧。

有些日子因为知道温珀也在，他觉得简直无法在办公室里待下去。他觉得温珀的漠然已经转变成了蔑视，那种由爱生恨之后的蔑视。他觉得那蔑视里夹杂着评估、拒绝和厌恶。有时候，他认为温珀对他的蔑视态度是自己招惹来的，因为他对同事们的反感和敌意被温珀利用了，温珀故意表现出和他截然相反的态度，和同事们打成一片。在过去的几个星期里，他对同事们摆出了绝不妥协的姿态，更突显出温珀的好。但实际上，温珀虽然表面上嘻嘻哈哈的，骨子里却是冷酷的，只是大家不易察觉而已。早先的时候，温珀常对他说："给他们讲个笑话，他们就笑了。那些新来的还会试图讲笑话给你听作为回报。但你不要笑。"

那个年轻的会计师常常成为温珀这一策略的牺牲品。但现在，在温珀伸出了友谊之手的情况下，他成了温珀的午饭新搭档——温珀正把这一招用在更多的年轻员工身上。温珀还学会了盯着打字员的额头看，让她们感到羞愧。斯通先生曾听说过那些主管们的这一招数，但从来没有亲眼目睹过。那个让人憎恶的年轻人现在学会了用温珀的方式敲打香烟——他只抽带条纹图案的蓝波牌和巴特勒牌香烟。而且，这些年轻人其实是有样学样、互相影响的。有天下午，温珀回到办公室的时候打着个夸张的领结——那个年轻的会计师有时候也会戴领结。斯通先生可以想象，他是如何同那个会计师走进商店，心血来潮作出这个决定的，温珀说不定买了半打，他虽然绷着脸，但下巴却松松垮垮的。从那以后，温珀总是戴着领结。而且，那领结总是歪斜着，典型的温珀风格。斯通先生觉得他们俩站在一起绝对是一对荒唐的小青年，特别是在周六的早晨，那个小会计师穿着一身"乡村"服饰出现在办公室，那顶帽子和他的身份太不相称了。斯通先生最痛恨的就是那顶帽子。帽子是绿的，还插着绿色的羽毛，好像这小子马上要去野外打猎。

而在情绪略微平静一点儿的日子里，斯通先生觉得温珀的所作所为只是为了修补过去的轻率鲁莽，但他过去的轻率鲁莽以及其他种种怪癖，已经被那个小会计师给学了去。此外，一直有传言说，温珀很快就要离开这个部门了，他很有可能会从伊斯卡尔公司辞职。他觉得温珀奇怪的行为可能和这个有关系。

总之，后来温珀去休假了，这对他无疑是个解脱。当然，他的那些跟随者们还是照样让他觉得很不舒服。

～

那晚玛格丽特为斯通先生开门的时候，显得格外激动——开门的职责现在落到了玛格丽特身上，因为米林顿小姐已经被辞退了。他们邀请她随时回来看电视，但她到目前为止还没有响应过这个邀请。玛格丽特把斯通先生迎进客厅坐下的时候，表现出一种不同于寻常日子的公务态度。在客厅里，他看到了奥莉薇。她穿得像是早晨出去购物，正式、但又带着点节日的气息。她看起来严肃而疲惫。玛格丽特的表情里带着关切，却又显然是不想让别人觉得她多事。玛格丽特摆出一副低调的女主人的样子，让斯通先生坐好，然后自己也坐下。奥莉薇显然有什么重要的事情要说，而且这事情看来两个女人已经讨论过了——桌上的茶已经喝了有一会儿了。但她们没有直接开口，而是先询问了斯通先生上班的情况，然后让他喝茶吃点心。最后，摊牌的时刻到了，玛格丽特瞥了一眼奥莉薇，像是鼓励她，然后她又瞥了斯通先生一眼，好像看他是不是"准备好了"——斯通先生想到电台里那些播给婴幼儿听的节目，觉得自己仿佛成了那些节目的听众。她自己则坐在椅子上，身体前倾着，晃动着，不停地整理膝盖上的裙子，好像刚刚讲了好多俏皮话一样。

事情终于说了出来，显得最为平静的还是奥莉薇。

格温想要和温珀出去度假。

玛格丽特像一个裁判似的看着他们兄妹俩，焦虑地问："你知道这事吗，理查德？"

他没有回答。但他的脑子快速地转动起来，他想到了过去的种种征兆，虽然当时没有注意，但现在一下子都联系了起来。

年轻人的那些手腕或许瞒不过年轻人，却能让上了年纪的蒙在鼓里。温珀近来的种种行为现在都有了解释。这样的秘密太沉重了，就连温珀也承受不住。斯通先生一点儿也不怀疑是格温要求保守这个秘密的。他可以想象那张愁苦、愚蠢的脸，在温珀寒酸的、贴着斗牛士海报的前厅里，在租客们走进走出的情形下，孩子气地威逼索求，错把自己的愿望当作权力，要温珀保守秘密。

怎么是温珀！

"唉，你一定不能答应。格温是在犯傻。"

他注意到她们两个有些犹豫。

奥莉薇说格温早上已经离家去了温珀那里。

"这太荒唐了。太荒唐了。"他站了起来，在虎皮上走来走去。"如果你们像我一样了解他的话，就不会还这样开开心心坐在这里了。"而她们两个，实际上是坐在那里担忧地看着他。"温珀！比尔！这个人……这个人是不道德的。我比你们都更了解他。不道德，"他重复着"不道德"这三个字，不无满足感，"而且平庸。不道德，而且平庸。"

他激烈的反应让她们惊愕。奥莉薇的嘴角明显挂着些许唾沫。

"我们和你一样震惊和伤心，理查德。"玛格丽特有些无奈地劝说道，"我觉得奥莉薇来这里不是听你说这些的。"

"这真是一个没有信仰的国家。"斯通先生说。

他停顿了一下。

"她想要喝茶，"他想起什么，说道，"好吧，她现在可弄到了。和那些轻浮的店员没什么区别，假日里随便就和人私奔了。现在你倒想起要找我了。你为什么不自己去找比尔呢？你是不是要让我把她带回家，给她读点伊尼德·布莱顿的书，给她讲讲我办公室里的小故事？"他似乎看到自己走进温珀的房子，看到温珀既害怕又蔑视的表情，看到格温愠怒、满足和带着胜利微笑的脸，看到温珀"坚定"的挑衅的态度。这太过分了。"你和玛格丽特大有能力应对。你们可以给她讲讲红色大巴士和叮当火车的童话了。"

"理查德！"玛格丽特哭了。她想象中的严肃场景现在全毁了。

一切都已经晚了。奥莉薇道出了格温已经怀孕的事实。

"我一点儿也不奇怪！我一点儿也不奇怪！"他恨恨地说，"反正这个国家还会发牛奶、橙汁和鱼肝油给她。"

极尽讽刺之能后，他的言语变得越来越暴烈。玛格丽特能做的，也只是让这对兄妹不至于彻底、完全翻脸。

结果，什么也没有认真讨论，什么问题也没有解决。奥莉薇走了之后，他才慢慢平静下来。

晚上他们准备上床的时候，玛格丽特说："我不懂你，理查德。如果你这么恨他们两个，有必要那么生气吗？"

"你是对的。"他回答，眼睛似乎透过了厚厚的棕色丝绒窗帘看到窗外。

"你说得很对。他们俩正好配成一对。他们两个我都恨。"他还挤出了一丝笑容，"可怜的奥莉薇。"

☙

周末到来之前，温珀辞职的消息正式宣布。

小会计郑重地说："高氏公司给了比尔一个职位，那可是高氏公司。"

他主子是这么告诉他的，斯通先生暗想。

到了周四下午，那小伙子拿着一份《世界新闻报》走进他的办公室。

"你看到这条关于比尔的新闻了吗？"

在一幅向某个退休企业高管赠送古董家具的照片旁，斯通读到了如下新闻：

### 比尔·温珀加入高氏

比尔·温珀将于本月底离开伊斯卡尔公司，加入高氏公司，担任高氏刚刚成立的公关部公关总监一职。"此项任命体现了高氏公司业务继续扩大，并在拓展过程中对积极的市场和公关策略给予的高度重视。温珀先生将负责整体方案的策划，并监督其实施。"公司的新闻发言人称。

在担任此职务之前，温珀在伊斯卡尔公司的公关部有着多年的成功经验。去年该公司推出了"骑士伙伴"计划，并以灵活多样的公关推广策略使这一计划取得了巨大的成功。他就是这一计划背后的重要推手。

　　他把报纸放下的时候，办公室已然很安静。他走到走廊里站着。街上汽车的声响清晰地传来。打字员的办公室已经没有了人，灯灭了，打字机都被盖上了黑色的套子。时钟显示此时是四点二十分。

# 七

　　那天，整个伦敦城的人都在行走。斯通先生忘了交通行业的工人宣布要在这一天举行大罢工。早晨的时候还只有部分工人不上班，但这幕闹剧愈演愈烈，晚报的头版上满满登登都是告示，宣布交通不畅或者中断。他发现泰晤士两岸都是无法移动的汽车和公交车。人们无助地排着队伍，希望能够挤上公共汽车，但队伍一动不动，而且头顶上还有太阳曝晒：罢工的工人真是选了个好日子。人行道上满是人，包括那些排着长队的。起先他也去排队，途中看到一条小马路上停着一辆红色的巴士，便赶紧追过去，不费力气地上了车，然后才发现这车根本不开。于是他决定还是步行。就这样，他开始在城市里行走。沿着河岸，穿过大桥，在千百个行人留下的印迹中，他慢慢忘记了时间，忘记了路途。河面波光粼粼，天气干爽亮堂，他迈开步子，很高兴发生了这样的意外，希望这样一直走下去，把自己累倒，这样内心的痛苦就不能再折磨他了。他对周围的人没有什么知觉，对他而言，他们长得一样，穿得也一样。只有那些似乎是在军队里受过训的人，走起路来仿佛在操练，并且你追我赶的。穿过大桥，很多人消失在滑铁卢站。一个一个街区走下去，脚步声渐弱，行人的密度也小了。慢慢出现了普通的公租房，有些房门打开着，露出里面空荡荡的乳白色和棕色的墙壁和地板，好像要邀人进去坐一坐，休息一会儿。继续往前走需要意志力，因为接下来的一段是长长的黑砖铺就的街道，灰泥脱落，好像是皮剥落了的梧桐树，还要经过一排排亮着灯的小店，店门上的招牌和橱窗里各种褪色的样品让小店显得不那么友善。每天晚上，工作的人从温暖明亮的市中心回到这样的区域，这样的街道，这样的房屋，寻找各自的乐趣。

在这样长长的、乏味的街道上行走，每一步他都能感受到臀部、大腿和小腿肚子在运作，他的情绪慢慢变了，和玛格丽特第一次举办晚宴时他脑海里曾出现过的对这座城市的幻想又浮现出来。（那次晚宴上有格温、奥莉薇、格蕾丝和托尼·汤姆林森，吃的是米林顿小姐给大家准备的她最拿手的炸薯条。）在他的幻想中，这座城市里所有不会腐朽的东西都没了，只剩下一个个活动的人。对人来说，这些身外之物都不重要，而重要的身躯却脆弱不堪，终有一天会腐朽。这就是宇宙间的秩序，他虽然试图在其中找到自己的位置，但这终究不是他的秩序。

他觉得自己历经沧海，现在也看明白了，人类用以证明自己的力量、打破这可怕秩序的途径，并不是创造，而是毁灭。在大河上筑坝、开山伐树、破坏大自然的本来面貌，以此来嘲笑大自然的力量。

他走到布里克斯顿，这里有带着大橱窗的商店、看起来很现代的警察局、卖食品的老铺子、白人黑人混杂的人群。这里步行的人并不那么显眼，公共汽车站上虽然也排着长队，但那些队伍在移动。几辆公交车开来，很多人下了车。他插了队，在售票员挥舞着手臂的催促之下登上了一辆 109 路公交车。他很庆幸自己上了车。他开始感到疲惫，呼吸跟不上。

走回家的那段路上，他迈着大大的、艰难的步子，感觉自己变得高大起来。他觉得自己像一个摧毁者，带着毁灭地球的使命。他变得越来越高，步子越来越坚定，走过一个个可怜巴巴的小花园，一栋栋可怜巴巴的小房子，那是人们努力去适应在其中生活的家；他走过一只只一脸茫然又敏锐的猫咪，经过那些"出租"、"出售"的招牌，经过艾迪和查理那些经不起时间考验的维修工程。

他在门口摁响了门铃。摁得很重，摁了很长时间。但屋子里没有人。玛格丽特和奥莉薇、格蕾丝在一起呢。她们现在成了快乐的姐妹！他拿出钥匙，开了门，走进了黑漆漆的门厅。

那双眼睛是绿的。

惶恐里掺杂着内疚，内疚里掺杂着爱怜。

“咪咪。”

但他的话音未落，那只黑色的小猫已经蹿下台阶，在他还没来得及作出任何反应时，已经通过敞开的门蹿了出去。

∾

他不是个摧毁者。世界曾在他周围倒塌。但他生存了下来。他毫不怀疑自己能够再次找到平静和安宁。只不过现在累极了。在空荡荡的房子里，他独自一人。他把公文包带到书房里，在那里等着，说不定还能干一点儿活，等着玛格丽特回家。

斯利那加①，一九六三年八月

---

①斯利那加（Srinagar），克什米尔西部城市，印控克什米尔首府。

图书在版编目(CIP)数据

斯通与骑士伙伴/〔英〕奈保尔著；吴正译.
－海口：南海出版公司，2013.9
ISBN 978－7－5442－6195－1

Ⅰ.①斯… Ⅱ.①奈…②吴… Ⅲ.①长篇小说－英
国－现代 Ⅳ.①I561.45

中国版本图书馆CIP数据核字（2013）第058692号

著作权合同登记号 图字：30－2011－037

**斯通与骑士伙伴**
〔英〕V.S.奈保尔 著
吴正 译

出 版 南海出版公司 （0898）66568511
海口市海秀中路51号星华大厦五楼 邮编 570206
发 行 新经典文化有限公司
电话（010）68423599 邮箱 editor@readinglife.com
经 销 新华书店

责任编辑 黄宁群
特邀编辑 徐 莹
装帧设计 韩 笑
内文制作 王春雪

印 刷 北京德富泰印务有限公司
开 本 850毫米×1168毫米 1/32
印 张 5.5
字 数 104千
版 次 2013年9月第1版
印 次 2013年9月第1次印刷
书 号 ISBN 978－7－5442－6195－1
定 价 28.00元